橋 20 夏/
16 /summer

第4期

QIAO

編輯
札記

　　《橋》的宗旨強調貼近當下社會、文化與人心，目前亦以兩岸「七〇後」的作家作品為主體，前三期已陸續介紹及評介了許多重要的作家、作品以及新興視野，如何推陳出新，保持品質，回應時代並且爭取更多的年輕讀者的接受與興趣，一直是本刊不斷構思與反省的問題。

　　在專題的設計上，本期以台灣「七〇後」詩人林婉瑜及其詩作為主體，以「發達資本主義時代的最後抒情？」為思考視野，透過引薦林婉瑜的代表作，林婉瑜與孫梓評的對談，兩岸閱讀林婉瑜的評析等等，我們想要重新扣問的是：在一個愈來愈光怪陸離、以虛為實的社會和世界，當一種「人在中途」的自欺與悲傷，犬儒、失格、耍廢、早衰已成為新主體想像的書寫主流，看似過於「普世」的抒情詩究竟還能有什麼新意與價值？我們還願不願意相信人間有愛、信任及溫暖的可能？林婉瑜以她近二十年的相關創作來證明這點。

　　其次，本期仍然延續兩岸作品共讀，兩岸各有八位批評家，評述八位作家的作品──台灣的作品為房慧真《河流》、顧玉玲《回家》、張耀升《告別的年代：再見！左營眷村！》及劉維茵《小村種樹誌》，大陸的作品為黃咏梅《走甜》、王威廉《北京一夜》、馬小淘《春夕》以及工人詩人陳年喜未刊行的一批詩作。視野上主要體現了目前兩岸重要中生代作品對底層、新移民與新主體及生活的探索與想像的藝術。

　　最後，本期有三篇特稿，其一以較為整體性的角度，為我們介紹大陸「七〇後」世代作家與作品的「最後的文人寫作」的特質。其二及其三則是洪子誠與王曉明兩位先生在2015年冬天於台灣淡江大學講座時的逐字修訂稿，分為別〈獻給無限的少數人〉，以及〈與兩岸文學青年談當代文學與文化〉，此兩講的對象均以青年學生為主體，希望能夠召喚更多年輕世代的閱讀與回應。（文／黃文倩）

橋 20 夏/summer QIAO
16

第 4 期

目次

發達資本主義時代的最後抒情？

——閱讀 林婉瑜

詩人婉瑜

黃文倩

「獎賞我寬恕所有人的一切，而你——將成為我的天使。」

——阿赫瑪托娃（Áнна Ахма́това）

在台灣的「七〇」後的詩人與創作者中，像林婉瑜（1977-）這般非學院化的身分／角色交集者，應該不多：出生台灣台中，大學到台北來專攻戲劇（台北藝術大學戲劇系，主修劇本創作），已成家，目前是三個孩子的專職母親，也是全職的詩人。早些年，自然也獲得過一些獎項，例如第一屆青年文學創作獎、「詩路」2000年度詩人，詩作常見於台灣重要文學刊物與副刊，自由副刊、印刻文學生活誌、聯合文學、幼獅文藝、聯合副刊、人間副刊等，在台灣的文藝副刊版面極小的世代下，不

可謂容易。目前,她已出版有四本詩集《索愛練習》(2001)、《剛剛發生的事》(2007)、《可能的花蜜》(2011)及《那些閃電指向你》(2014),其中的兩本代表作(《剛剛發生的事》及《那些閃電指向你》)還是由重視抒情傳統、藝術自由、文人化主體的洪範書店出版。許多著名的詩人、前輩友朋均為她寫過評介與推薦,包括瘂弦、陳義芝、羅智成、柯裕棻等(相關分析與展開見筆者後文),那些評述或體貼入微、或心心相印,只見珍惜且毫無文人相輕之感嘆。

在婉瑜的創作觀或世界觀中,除了諸神們均強調的愛情、精神傾向與自由追求之外,我以為婉瑜比較值得肯定的大概還有三種特質:一是她的詩作的取材和情感仍願意從實際的生活和客觀世界出發,語言平易親切,誠如羅智成在《索愛練習‧推薦語》中,曾以跟夏宇參照,來突出林的特質:「林婉瑜較接近生活和客觀世界,她的感情也保有較多人性的,而非觀念性的意涵。」其次,婉瑜非常優於精確地掌握和揣摩自身主體和他者的情感,這點或許也跟她早年的劇本寫作經驗有關,在和孫梓評對談時,婉瑜自道:「寫劇本時總是練習這個過程:揣摩情境—置身其中—書寫—完成—離開。寫詩也習慣如此:想像一個情境,想像自己置身其中,用詩的語言去說話、表演。」這也使得她在最好的狀況下,時常能跟表述的主體維持一種適當的美學距離,用情甚深卻能節制耽溺。

其三,在綜合人性、非觀念性以及情感的揣摩後,林婉瑜展現在詩作中的世界,能帶出生命中的一種特殊的及純潔的光亮與希望,同時這種光亮與希望,時常並非依靠傳統「修養」來證成,而是企圖體現那種自然而然,似乎涉世未深、磨損有限下的天真純粹。當然婉瑜對生命中的情感與傷痕體驗不可不謂深,早歲喪母的經驗對她而言影響重大,但她不像一般的作家願意甚至簡單地處理這種個人救贖。誠如她在《剛剛發生的事‧

後記》中的一段有意思的說法：「為了避開被記憶質詢的壓迫感，我必須動用人的健忘本能，按下清除鍵重新開始，把此刻還給此刻，才能安於當下生活」，這種精神傾向其實在某種程度上很接近魯迅〈為了忘卻的紀念〉，恰恰是在仍不願意面對過去的傷痕主體裡，一方面得繼續承擔不願釋放的愛的重量，二方面同時也以暫時擱置這種生命的重量，才能活在當下繼續對身邊的存在（家人友朋）付出與負責，如此，人才不至於總是被過去及記憶所挾持與固著——儘管那當中對詩人可能有著巨大的滋養。也因此，婉瑜及其詩，時常綜合體現了一種入世且了然於心的明亮、溫度、善意與執著，那些偶爾歧出的頑皮與尖銳，也不過一如湯裡放鹽的成全。

　　除了母親、詩人等「職責」，林婉瑜也曾為他人作嫁，與張梅芳合編有《回家——顧城精選詩集》（台北：木馬文化出版，2005），此書雖然現已絕版，但卻是目前唯一的繁體版的顧城詩集。顧城的天真、純潔、孩子氣、浪漫、任性、天才、原創、從感性及本能出發的靈魂，一如婉瑜長於從自己的孩子與自己的身上不斷發現的鮮活生命。我揣想婉瑜一定也會喜歡這樣的句子：「她沒有見過陰雲／她的眼睛是晴空的顏色……／我想在大地上／畫滿窗子／讓所有習慣黑暗的眼睛／都習慣光明」（顧城〈我是一個任性的孩子〉）。晚近的婉瑜，也開始嘗試書寫流行音樂歌詞，將她的作品以更適合普羅卻絕非媚俗的姿態分享給讀者。

　　基於一些巧合及機緣，2016年3月23日，婉瑜曾受淡江大學「微光」現代詩社的邀請前來座談，我因此有幸親自接待並聆聽了她的講座，無論是就講座材料的準備和教學啟蒙，婉瑜一如我所預期的，遠比她作為一個浪漫溫情的詩人更為嚴謹且不放鬆。在「詩人」之外，我對她因此有著一種心疼的敬意。

【黃文倩，淡江大學中文系助理教授】

林婉瑜
自選代表作

編按：順序為詩人自行擬定

雨的身世

雨
無預警地下了
落在賓士車那滴
並不因此成為尊貴的雨
落在水溝那滴不因此成為
卑賤的雨
形狀大小相仿的雨滴有
殊異的身世——
有一顆雨前世是晨霧
有一顆雨前世是海水

它們重擊地面
捶碎自己
為了反映我和我的傘
惚恍的影子
在低窪處鋪成一面晃動的鏡子
避雨者快步跑過
凌亂踩碎
雨的鏡面

隔日蒸發
回到天空的雨
有時想起　地表的經歷——
屋瓦的阻力
葉片的撞擊
順著傘面滑下的弧度
以及風……

風明明只是
無事路經
卻輕易傾斜了
雨的線條

哆啦A夢

——〈哆啦A夢〉早期翻譯為「小叮噹」或「機器貓」，後來依照作者藤子‧F‧不二雄的遺願，統一名稱為「哆啦A夢」。

我有一些兒時的朋友，小時候，因為有他們的陪伴，我的童年過得很快樂。

我和他們，都一起順利的長大了：

大雄長大以後，經由大雄媽媽的朋友介紹，進入一家銀行擔任業務，經常賴床上班遲到，平均每五次業績會報，就有一次會是零分，如果偶爾做出一點點業績，就非常滿足，有時會被同事欺負，有愛心喜歡動物，收留了三隻流浪狗。對漫畫很有眼光，被他稱讚的漫畫，日後都成名了，經常拜託小夫帶世界各國的著名漫畫給他。胖虎有時會來銀行問他一些投資基金的事，但大雄不敢幫胖虎買基金，怕基金賠錢的時候，胖虎會揍他。

靜香跟大雄在同一個銀行工作，是大雄的主管，個性善良所以人緣很好，因為潔癖的關係，每天洗澡三次，平時喜歡彈鋼琴、拉小提琴，以及做面部保養。大雄工作表現不好，靜香會盡量幫助他。雖然大雄曾向靜香求婚，但靜香生活太忙碌，工作之餘還參加舞蹈、插花、茶道等課程，所以還沒想到感情的事，平時也喜歡和同事一起去逛街，體驗彩妝專櫃的季節新妝。

小夫繼承了爸爸的公司成為社長，常出差世界各地，家裡的擺設和家具來自世界各國，長大後還是很矮，只有156公分，最喜歡稱讚自己，常說：「英俊這個形容詞簡直就是為我而造的。」胖虎經常找他來做空地演唱會的贊助人。雖然不高不帥，但是因為習慣隨便稱讚女孩子，也經常給女孩一些禮物，所以有好幾個女朋友。公司裡的員工都知道要盡量奉承社長，如果社長開心，工作績效差也沒關係。

長大後的胖虎已經不揍大雄了，但還是會言語恐嚇，所以大雄仍然怕

他。胖虎找到一個社區警衛的工作，胖胖壯壯的外表讓壞人以為他很凶狠，經常「借用」小夫的模型和跑車，最後都不想還。還是跟小時候一樣喜歡唱歌，喜歡在空地開演唱會，因為社區警衛的身分，社區居民只好被動的來聽他的演唱會，可能是因為常聽他唱歌，居民們的身體都不是太好。

哆啦A夢是從「未來」來的，他長大後回去二十二世紀了，我們都很想念他。他留下切雲刀、事後相片簿、公寓樹、反效果針、對方停止機、相反面霜、空間毛毯、記憶吐司、安慰機器人、反痛鏡給我，沒人知道我有這些道具，等到時機適當的時候，我就會拿出來使用。

海上

降落以後
雨水稱作海洋
我與暗中的船
看望遙遠燈光
那些閃爍的燈霓，人聲，呼吸
繁華遍植的……
那是人間
牽繫與紛亂的世界

甲板上，不安穩的一切
拍擊的風
那樣溫柔打擾

雨水不能理解
人們對雨感覺憂傷
仍盡責地下
大海以柔軟與跌蕩喬裝
捕獲離群的船隻

離開那岸吧
離開那岸
它說
海浪一遍遍把世界推開

骰子

曾經
在絕望得想死
的那天晚上
看到桌子底下
一顆落單的骰子
而
活了下來

骰子說
總還有
另外的五種選擇

致那些無法言說卻永不痊癒的傷口

他們要你停止哭泣
遞上面紙給
正在流血的你
孩子，會沒事的
你會慢慢的
好起來
在春天長出新的葉子
在冬天凋零，舊的記憶
把自己擦乾淨
明天
這世界的狂歡
還要繼續
你這樣頹靡，不好
這樣子哭，不好看

你緩慢的
收拾自己
知道會痊癒
因為
時間因為
傷口上總是慢慢漸漸的又長出了
精美的疤像
一幅圖畫
讓你也以為自己很好，完好

無法再更好的，好透了

你的正面又勇敢地
邁步向前
你的背面破漏
關不緊的水龍頭
斷續
流淌

你喝個爛醉
加入了
白晝的遊行
夜晚的狂歡
可是（睜大眼睛，再次確認）
你看出去的視線
缺損了一角
有一部分的世界
從此
你不再看到

胖子

如果想念會使人變胖
很想念你的我
現在
已經很胖了吧

那　那些毫無牽掛的瘦子是怎麼回事
瘦子去到哪裡
都只攜帶自己
我去到哪
都帶著你
因想念的重量而步伐蹣跚……

想念是幸福或者
不想念是幸福？
洗澡時撫摸
自己的身體
展開幸福的胖子與不幸的瘦子之間的辯證

我們，我們

這樣抱緊
成為一塊石頭也無所謂
你的肩線遮蓋視野無所謂
幸福讓人窒息
失去自己
成為你的一部分也無所謂
變成一種溫柔
熨貼在你無法痊癒的傷口

隔牆偷聽的耳朵隱形
窸窣低語願意安靜
窗外變黑
世界正在我們身上覆蓋安全的網
（太陽仍舊升起嗎）
這樣擁抱
沒有明天也無所謂

你的體溫，身體丘壑起伏
內心坦途歧路
不會告訴別人
在愛情後台，不須為誰表演為誰頑強
承認自己軟弱，抱頭痛哭亦無妨
在愛情暗房，不須故作明朗
承認自己倚賴，信靠對方才不致崩壞
這麼的就下午了
做我的衣衫我的遮蔽
為我阻隔世界的冷空氣
只有我們，我們

相遇的時候

一定比海洋還大的啊這人生

坐著各自的小船

也許下一秒就會

出現

在彼此的視野

由遠到近

由小變大

終於遇見

終於相聚

於是可以一起觀測一下星星

於是可以一起晒一下上午的太陽

於是可以一起追蹤海豚和鯊魚

在大浪

把我們分開以前

在大浪

把我們分開以前

也許以後

不會再見面了

相遇的時候

做彼此生命中的好人

放牧星群

坐在逼近天空的高度
放牧眼前，這群星星

它們靠攏聚合
構成有意義的星座
負載太多人許願
而疲憊沉重
我伸手觸摸，安撫
想挽救它們的下滑之勢

爬上隱形101道階梯
靜坐在此
聆聽整個宇宙傾訴
知道自己是神的孩子
用指尖推移，眼前星棋
渴望有
渴望有你一起
知道你的座標我會毫不考慮
伸手進漉濕夜色中打撈
然後與你情商
聖誕夜晚一起
做個放牧者
鞭策少數幾顆，叛逆的星歸位

把潛台詞寫在
被我們選定的光滑緻麗，某顆星表面
當它不堪負荷
慵懶地下墜
允許它成為一顆流星
或慈悲地出手
把它安置在晚雲上方

半途而廢

曾經是那樣的人
熬夜就要到天亮
散步就把整條路的街燈都數完
打開啤酒就要喝光
愛一個人就要一生

是生命教我
折衷
有益健康

我終於願意
讓你半途而廢
自己一人走完
剩下的一半路程

原狀

你沒想過我會痊癒吧
我也沒想過
可是
我痊癒了

又恢復成
那種沒愛過你的樣子

開始

你的眼神
從我髮的坡度滑下
經過險峻的鎖骨攀爬
胸前柔軟的丘陵迴轉登陸
水滴形狀的耳垂最後垂降在我
平滑的頸項之間……
（我知道在你眼中我是，一個
女人）

但你我之間
可否
從別的地方開始譬如
從一起玩填字遊戲開始；從一起等待日暮撤退開始
從一起逛動物園學習動物們的手語開始；從電影、詩或演唱會
從夏天草地上的散步開始……

我害怕
從身體開始的
也會
從身體結束

下一位

分手了
都說　是個性不合
有時也是
身體不合吧

仔細收拾自己的衣物
和心情
投入了
下一位的懷抱

剛剛發生的事

昨晚電影裡下的雪
第三拍時，必要的旋轉舞步
睡眠以後，與日出對望
睡眠以前，月亮的形狀
你記憶這些，但這竟像是
剛剛發生的事

生之嚎啕，死之陰暗
淚之滋味，撞擊之痛
悲傷之慟
回想起來，那竟像是
剛剛發生的事

彷彿穿越一個人漫漫長長的一生
你記得一，記得一之前的零
記得負數
你記得序場，換裝
記得死而復生地謝幕
你記得遺忘，也記得
不要遺忘

你記得昨天、前天
你記得去年……你記得
從前，但那只是
剛剛發生的事

占有

天空中
拖著長尾巴的風箏
是我的
飽滿得像蛋黃的橘色夕陽
是我的

邊開車邊用眼角餘光
瀏覽天空
因為雲的色彩　雲的蓬鬆偷偷感動
可夕陽漸漸低沉
要沒入遠方屋子的背面
可風箏漸漸低沉
像不甘願的流星搖擺
終於
墜落
幸好

幸好即將顯影的月亮
和即將清晰的　霧淡淡的星星
也都是我的

你要去哪裡——記台北車站

背背包的學生，你要去哪裡
適應台北生活嗎
我是說，天氣會不會太冷
消費是不是太貴？

牽小孩的媽媽，你要去哪裡
回娘家還是婆家？
帶些名產回去吧

蹲在地上的外勞，你要去哪裡
去哪裡打工
你來自哪裡？
希望這城市的富裕
足以讓你回家鄉買地

賣口香糖的婦人，你要去哪裡
你只是　哪都不去
在車站大廳游移
尋尋覓覓，一個不會拒絕你的人

我也曾在大廳徘徊
東張西望，找買票窗口
帶著鐵路便當、報紙、礦泉水
鑽進車廂
偏愛自強號，距離故鄉2.5小時
再見台北！我不是歸人是過客
寄居關渡空中樓閣
每月來車站報到，買一張思鄉證明
列車長找到我
在上面打洞……

離開後，這城市會記得我的臉嗎？

戴斗笠的阿伯、穿軍服的年輕人
你要去哪裡？

霧中

落下以後
我才發現自己
是一片黃色的葉面

樹木垂萎以後
我才發現
自己是秋天

走錯了樓層
仍然可以
用同一把鑰匙開門

開錯了房門
仍然熟練地
親吻床上的陌生人

朝向南走
冰河緩緩地化解
成水，沸騰
朝向西走
日頭不再
下落

那一日
我們的內部
全起了大霧
詩人從襯衫口袋取出
最深沉的暗喻
試圖擦去水氣

雨天散步

散步經過雨後的草地
感覺自己心的浮動
如草葉掛滿雨水
而搖晃
低垂

坐長椅上的戀人
細聲交換一些話語
無論看著湖中的錦鯉
或者
看著湖面上的垃圾
臉上浮現的　是同一種傻笑
這就是愛情

迎面而來
許多生命
有人養育的　幸福的威風凜凜的狗
無人照料滄桑的　以草地為家的狗
此刻都在慢跑
經過我的身旁

收束雨傘
抖落上面的雨滴
雨天撐傘
晴日晒傘
重複之間
就是生活

雨又
細細的下了起來
整樹粉紅色的羊蹄甲在雨中歡欣
排隊溜滑梯的小孩
在滑梯下等待雨停
這就是生命

詩的問答
孫梓評與林婉瑜對話錄

孫梓評、林婉瑜

孫｜我其實不常在寫詩時感覺到自己的性別，但，讀你的詩，寫胸罩如〈戴上〉，寫生育如〈我想有一個娃娃〉──包括在《剛剛發生的事》裡「隱形的小孩」一整輯，我羨慕你的性別自覺。你常意識到自己是個「女」詩人？它影響你注視世界的角度嗎？

林｜從小是這樣被教導的：做個甜蜜的女生、柔順的女生。小學導師給我的評語是「安靜拘謹有禮貌」；國小畢業被送到私立國中，痛苦的三年，被教導的主題仍是做個柔順的學生、好學生；高中是我最自在的時候，離家獨居如脫韁野馬；在北藝大時也相當自由，是母親的病愈發嚴重收束了我的探險。

至今我仍非常在意親人的感受，是一種本性，一種牽繫與責任，他們期待我怎麼做，若能討他們開心，我會去試。二十歲時非常辛苦，在聽話和反叛間擺盪，經常是溫順、暴躁、憂鬱三種情緒交替出現；三十歲後才更有能力、也才真正了解自己，住家附近的74號快速道路幾乎每天都要開上一趟，從台中開到彰化然後折返，開車時很安靜，聽自己喜歡的音樂，舒展一下被壓抑的情感，想想自己真要什麼、什麼可以放棄。〈完整〉這首詩

就是寫開車漫遊的愉快。

孫｜寫詩時，你的戲劇系背景，發揮了什麼影響嗎？

林｜戲劇系那幾年，我讀了一些劇本，和劇本的全部總量比起來，我讀的絕不算多，但已經可以讓我了解到：一種稱謂、一種形式底下，可以把這麼多殊異的內容包括進來。有的劇本像長詩；有的寫實，貼近日常生活；有的虛構似讕言妄語；有的對話很少，用沉默、長沉默、大量的動作去走完一齣戲。寫詩時我就想，詩也是如此自由的。

　　大三決定主修劇本創作，寫劇本時總是練習這個過程：揣摩情境—置身其中—書寫—完成—離開。寫詩也習慣如此：想像一個情境，想像自己置身其中，用詩的語言去說話、表演。

　　戲劇系那幾年，也是母親由病到死的過程。和癌症長期對抗的母親，認為自己一定能克服病痛恢復健康，每次做完化療都堅持驗癌症指數，看指數是否下降了，於是我的心情經常隨指數跌宕起伏。那是某堂通識課上課前夕，母親來電說了幾句話，其中一句是：「癌細胞跑到腦部了……。」好微弱的聲音，每一個字卻像

雷聲一樣擊打、燒灼我內心的平靜，但課還是得上的啊，我鎮定自己，把鞋子脫在教室門口，選一個角落的位置坐下；課程進行一半時，老師走到我面前：「我們這堂課是不用脫鞋子的。」同學紛紛轉頭注視我的白襪……。老師回到講台，接續講述他的美術史，同學移開注意把尷尬留給我一人，我低下頭慢慢哭了起來，老師察覺，驚詫的看著我，大概認為是他的提醒使我哭，只有我知道，不是為了這個，是為了更多我無法承受的。另一次，父親載著剛做完化療的母親到學校找我，我們預備在校內餐廳用餐，到了門口，母親開始全身打顫無法停止，是化療的副作用吧！無法一起用餐了，父親載著劇烈顫抖的母親回台中去，我在校園內不知何去何從，接下來應該上課嗎？接下來應該蹺課嗎？我真正想蹺掉的是生命出給我的這道生死

林婉瑜父母親

台灣新銳作家專題

命題、巨大功課。在戲劇系的我悲觀沉默，也就是那時開始寫詩。

母親發現癌症到逝世，前後七年；我一次又一次，在挫折和壓力下試圖振作精神，只想好好活著。讀詩鎮靜了痛覺，寫詩展示了值得被尊重的情感。寫詩時，那些瑣碎厭煩粗糙的事物全都遠去，只有溫度與我在一起，我記錄它們，記錄心的轉折。

剛接觸詩，經常到書店的新詩櫃位翻讀：各種詩刊和年度詩選、前輩的詩集、同輩的詩集、國內國外的詩集。某次，錯過了最後一班捷運，就在書店角落睡到天亮，這些都發生在讀戲劇系的時候。

孫｜書寫情詩最大的艱難和最大的愉悅是什麼？

林｜關於愛情，世上有炫耀對方付出、踐踏他人的豬玀；也有徹底認真的好人。17歲時和戀人走長長的石階上鷲峰山，漫無目的散步，山裡有廢棄的軍事隧道，有野花芒草，有小木屋，山的高處有廟宇，我們就在山裡沒有時間感的走路來去，山風很大，被吹得披頭散髮像鬼，誰在乎呢！下山後，到鎮上的電影院，電影院經常沒有其他觀眾只有我們，雙手枕到腦後，腳跨在前座椅背上，感覺整部電影是為我們兩人放映……。

這本詩集寫了愛情的許多樣態：單戀、熱戀、分離等。有些是自己的體驗；有些是旁觀加之想像。愛情讓人沉迷，我們總以為，愛情裡，有其他情感不能給我們的東西，只有戀人會幫我們摘取星星，只有戀人會帶我們甩脫現實奔赴遠方；愛情被寄託太多期待，認為它有各種可能，反之我們對親情友情的期待不會這麼多。

譬如上一本詩集《剛剛發生的事》裡面的〈說話術〉和〈尋找未完成的詩〉，那樣的詩需要較多時間和思考去寫成；而情詩偏向直覺，書寫的過程很快樂，那些想法，當我感受到了便寫下來，不曾因為「這樣太赤裸」、「這樣不符合我的身分」去更動它，75首詩沒有經過太多意識形態的修正，保留情感最初發生的樣態。

孫｜什麼原因使你決定打散《索愛練習》，刪去一些、加上新作，成為2007年出版的《剛剛發生的事》？篩選舊作的標準為何？

林｜2001年7月，獲知得到第一屆青年文學創作獎，其獎勵就是為作者出版著作，

從獲獎到出版，實際只有一兩個月的準備時間，但8月9日母親驟逝，一切措手不及，編輯來電時，吵鬧中我還必須躲到殯儀館角落才聽得到電話，篩選作品、寫自序都很匆忙，10月初就印刷上市了。

遲至2007年，心情安靜下來，準備出版詩集《剛剛發生的事》，便決定重新理一次《索愛練習》的詩，把較為喜歡的加入新書裡。《索愛練習》三分之二的詩都收到《剛剛發生的事》，《剛剛發生的事》收錄了我從寫詩之初到2006年的作品，對我來說，《剛剛發生的事》從容、完整，我把它視為我的第一本詩集。

2004年江對我求婚時，我想到兩件事：一是眼前此人可以託付終生；二是，婚後，我終於能回故鄉台中定居。

儘管是台北養成了後來的我，我一直想離開。

我在2007年回台中定居，2009年提出書寫台北的計畫，許多次到台北遊走察看，想捕捉舊的我、新的城市；行走之間，時常感覺它對我來說還是太紛雜無法追趕，不像在台中的我總是游刃有餘。寫作過程並不容易，花了兩年完成的第一批詩稿有一半都決定放棄，後來確定一種態度：儘管書寫地景書寫環境，詩不能僅僅

做記載的工具，還是要從人出發，寫人在環境中的體會，硬體可作為一種召喚，寫作者心中被召喚出的種種柔軟才是最重要的部分。確定這種態度後，才完成另一半詩稿，並出版《可能的花蜜》。有人認定此書是為獎金而寫，說這話的人與我並不相識，這是很輕率、很沒格調的臆測。

《可能的花蜜》提到的地點，有些我並不真的去過，如光華玉市、兒童育樂中心……等，但詩要求的是情感的純度和強度，不要求工筆寫實，現在回看這本詩集，仍覺得是不可更動的。

孫｜「母親」是你詩中一個重要主題，如今你自己也成為母親，我有個奇怪的疑問，母親身分，和書寫情詩，會互相扞格嗎？

林｜初學作文的大女兒面對稿紙會愣住，因為她在揣摩「應該」怎麼寫才正確，有次我急了對她脫口而出：「你趕快亂寫吧！」我的原意是：想寫什麼就寫什麼吧！別再想太多「應該」。後來她自由多了，這麼寫〈夏天〉：「夏天想要跟我抱抱，我趕緊把外套脫掉。」想寫什麼就寫什麼吧，我也這樣對自己說；不考慮身分，寫作時忘記了許多「應該」。

孫｜語言是一首詩重要的元素，也可能是一個詩人除了主題的挑選，能否確認自我風格的關鍵。但你的詩歌語言，幾乎從第一本詩集起就已成型，不曾經歷太多曖昧摸索，愈見成熟但不丕變（或許得將《剛剛發生的事》裡的「說話術」一輯獨立討論）。這是因為你很確知你要的語言是什麼嗎？

林｜生命裡，比詩更早出現的，姑且說是詩意吧，在接觸新詩以前已接收到太多詩意：排練空檔製造出的荒謬對白、愛情令人心折的部分、面對海洋時所見所想、在裝置藝術或劇場看到的鋒利的新的圖像……。這些對我來說，都展現了某種「非文字的詩」。曾接收到的詩意能量飽滿、高下立見，像一陣爽颯的秋風觸身，寫詩時便決定，盡量讓詩意浮顯，文字不一定迂迴、用辭不一定繁複，但也絕非提倡簡單，只是期待詩的語言剛好讓人體察到「意」，這個「意」字也許可解釋為創意、意念。

孫｜你是很純粹的「詩人」，幾乎很少讀到你書寫詩以外類型的創作，對你而言，這樣的專心一致是自然形成或有意而為？

林｜我認為自己在詩裡的表達是比較好的，寫其他種類的文章則有時滿意、有時不滿。而每寫散文，尤其與母親有關的散文，經常寫出某種愁苦的成分，那是我不想暴露、想要迴避的；書寫孩子的散文才又有了明朗和樂觀，我想保留這個部分。

詩允許隱藏、允許跳躍，因為隱藏和跳躍帶來的安全感，我在寫詩時是比較自在的。這本詩集出版後，將開始著手寫一本有關「孩子」的詩集。

孫｜寫詩時，你最倚賴什麼養分？

林｜有兩種眼光總是交替出現：作者的眼光和讀者的眼光。

作者眼光是輕鬆的觀看、記錄；讀者眼光是一種檢視和篩選。用作者的眼光去書寫、描繪意念；再以讀者的眼光閱讀這個意念，判斷它可不可行、是屬於詩的那一國或非詩的那一國。

我以為詩是本來就存在的，觸摸得到、可以表達出來的人則成為詩人。於是「人」的狀態變得很重要，我經常在確認自己，是處於一種清楚覺醒的狀態，詩裡最重要的能量來自於人。

【孫梓評、林婉瑜，自由詩人】

抒情與自我的再確認
讀林婉瑜的詩

楊慶祥

　　林婉瑜的詩集《剛剛發生的事》開
篇的第一首詩是〈蛇〉：

並非刻意流浪，而是
被長年的鄉愁放逐
故鄉的街道
遺失了故鄉的記憶

在我曾路經千次百次的木材工廠
機械踏出數不清的腳步聲
沿著工業行進的協奏，我來到
剛剛收穫的蔗田
在這裡
我曾經弄丟一隻鞋
並獲得左腳
蛇的齒痕

蛇畏罪
悄悄溜開了
離開村鎮潛伏在都市

都市的脈搏裡
蛇纏繞在大廈避雷針上
蛇在川流不止的車河裡游泳
蛇往來在城市四通八達的心臟
蛇在某些站交接
打過了招呼又離開
蛇吞下許多人
又吐出一些

田裡的那尾蛇已經長大
我走入牠撥開的腹腔
請求牠帶我去囤積了笑聲
與古老歌謠的貨倉
在一片非常荒瘠
揚起沙塵的漠裡
蛇沒說什麼
只靜靜停了下來
示意我出去
「但是，我所要尋找的……」
彷彿還聞到刨成碎片後，木材的香味

「而我其實要到達的……」
我望著鞋尖與
手中的單程票
蛇的足跡非常沉默

　　這是一首後工業時代「鄉愁」的戀歌。我們也許會想起中國現代文學史上那些經典的以蛇為名的詩作。在邵洵美的〈蛇〉裡，蛇被象徵為一種誘惑的頹加蕩，其最終呈現的其實是情欲化的詩人自我，這個自我，在馮至的〈蛇〉裡面變成了一個相對靜默的他者，但是其內面的情欲，並沒有因為這種靜默而減少。「相思」和「性」其指向的都是一個剝離了具體的歷史語境的自我，在現代主義詩歌中，這種自我因為其高度的自洽性而獲得了美學上的合法性。但這也正是現代主義詩歌的症候之一種，這種自洽性在某種程度上是高度封閉的，以自我為鏡像的，帶有佛洛依德式的「影戀」的特質。穆旦大概是最早意識到了這種症候，在他的〈蛇的誘惑〉一詩中，他加了一個恰切的副標題「小資產階級的手勢之一」，並且有一段很有意思的按語：「創世以後，人住在伊甸樂園裡，而撒旦變成了一條蛇來對人說，上帝豈是真說，不許你們吃園當中那

棵樹上的果子嗎？人受了蛇的誘惑，吃了那棵樹上的果子，就被放逐到地上來。無數年來，我們還是住在這塊地上。可是在我們生人群中，為什麼有些人不見了呢？在驚異中，我就覺出了第二次蛇的出現。這條蛇誘惑我們。有些人就要被放逐到這貧苦的土地以外去了。」

　　林婉瑜詩歌中的蛇是屬於哪一種呢？在我看來，如果說邵洵美、馮至的蛇屬於「第一次蛇的出現」，它帶來的是欲望和自我。穆旦的蛇屬於「第二次出現」，它帶來了對「小資產階級手勢」的反思。那麼，林婉瑜的蛇應該屬於「第三次蛇的出現」，在這第三次的出現中，蛇不再是簡單的自我的投射和主體的鏡像，而是與我互相構成了「主體性」，我和蛇一起成長，一起承受尋找故鄉而不得的現代鄉愁，蛇完全褪去了情欲和原罪的隱喻，而呈現為一個清晰和理性的主體。「蛇沒說什麼，只靜靜停了下來，示意我出去」。而我在蛇的引導下，意識到我「所要尋找的」和「我將要到達的」必將不是同一個地點、目標和位置，位移已經發生，歷史已經改變。

　　這首〈蛇〉在久遠的歷史的迴響中創造出了新的象徵。它暗含某種尋找、變

化的古老的詩歌主題，同時又真切地指向後工業時代的環保主義寓言，當然，它也是一則成長的童話，有著某種溫婉的惆悵的情緒。

林婉瑜不僅善於製造這種溫婉的情緒，同時也是戲劇化的能手。正如羅智成所言：「她的詩作有一種悅人的特質。一方面她以輕巧的語法、機智的布局創造出戲劇化（尤其是喜劇式）的諧謔，並總是來得及在詩作結束之前帶給我們感動或驚奇；另一方面，她以特有的靈視和豐富的想像建構著某種自足且坦率的，洋溢女性主體意識的創作世界。」比如她的另外一首詩歌〈抗憂鬱劑〉：

每個禮拜，我前去
扣問我靈魂的神
洗淨我吧
赦免我
他白袍筆挺
彷彿纖塵不染的真理
讓我描述
我內部正在發生的戰爭

金邊眼鏡透露冷靜的眼神
醫生——

你相信柏拉圖說的嗎
我們在洞穴內
火光的倒映舞影中生活？
你也犯錯嗎？
你有一雙探進護士裙的手？
你逃稅嗎？
你想像病人的身體，一邊手淫？
你比較想和男人做愛嗎？
你為自己寫下處方？
你心平氣和看完新聞？
你娶了你愛的女人？

所以你一方面是焦慮
另方面是自律神經的問題
我會開些藥給你
還有什麼你覺得要補充的？
「憂鬱不是病徵，是我的才藝。」
無人聽見
這抗辯

啊
神奇的藥丸
精神的明礬
我是睡了
視而不見苦楚
在安穩的夢域裡大笑大叫

柏拉圖向我走來
帶我從洞穴離開

這首詩有一種直擊人心的力量，這一力量首先來自於對日常無意識的直接徵用：伸進護士裙的手，手淫，娶了不愛的女人，看了不愉快的新聞但又強迫自己心平氣和。現代人的表裡分裂被一種戲謔的語言微妙地表達出來，但詩人並沒有止步於此，而是進一步擴大詩歌的空間，引入柏拉圖的洞穴意象，將內部的自我和外部的自我上升為一個哲學命題。在哲學經驗和日常經驗的雙重洞察裡，一種我們稱之為戲劇性的東西呈現出來了，這首詩簡直像是一幕獨幕輕喜劇，但指向的，卻是重大的命題：「柏拉圖向我走來，帶我從洞穴離開」。

林婉瑜很著迷一種「離開」的情境。這暗合了主體在當下歷史中的迷失、消散、碎片化和無能為力的後資本主義精神症候。因此，通過一種虛構想像和現實畫面的重組來確認自我的主體性成為林婉瑜重要的詩學命題。〈遊樂場〉和〈遊樂場II〉這兩首詩可視做是這一命題的展開。

沿著早餐街的香味走到盡頭，那裡

就是我們的遊樂場
童年遊樂場
黃色長頸鹿，口中的青草
總是只嚼一半

那個時候，我彈著拜爾練習曲
在國語習作上，照樣造句：
如果──如果妹妹不要老是跟著我，
我就不會那麼煩了
後來──媽媽說傍晚要讓我出去玩，
後來習作沒寫，就不能去。
……
我們曾留下一群
適時破滅的彩色泡泡
一群更年輕的小鬼
在風中擺盪，等待探訪的秋千
所有人都走光的那個夏天

這首詩共六節四十八行，在林婉瑜的詩作中算得上是「長詩」了。很顯然，這首詩是一首在回憶中慢慢湧起的詠嘆調，它採用的是最典型的林婉瑜式的處理方式，用多個場景的碎片串聯起來一幅有延續性的時光之流，人物在這個時光之流中依次漂浮出現，又開始慢慢散去，最後留下來的，是一個孤獨的停留在此時此刻

的自我。遊樂場在這裡富有多重的能指，它指向一段值得留戀的印象式童年，像許多出生於1970年代末到1980年代中期（1975-1985）的人一樣，有一種對天真的嚮往，將童年視為美好的原型。因此，與此相對的是，遊樂場也可能暗示了一種不那麼令人愉快的世界秩序，不過是世界秩序以遊戲的方式提前在遊樂場操練了一遍，因此，這首詩歌在回首童年的時候又讓人覺得一種隱約的不安，對於提前降臨的命運有一種無法抗拒的無力之感。但複雜之處在於，從詩歌的氣息來看，它最終趨於平靜，也就是說，遊樂場成為一個具體的「位置」，在這個位置裡，自我完成了對童年的告別和對未知世界認知的雙重認識功能，因此，個人再次完成了自我，獲得了新的確認。

〈遊樂場II〉延續性地將這種確認「成人化了」：

> 來的路上
> 腳步要輕輕的
> 最好採用貓的獨步
> 不去驚動那些不知情的人
>
> 把身體留在行李處

> 散場以後
> 連同垃圾一併帶走
> 剩下的靈魂我們就可以變得輕盈
>
> 然後選擇
> 無限下沉
> （記得，像貓那樣）
>
> 你達到時
> 會看見我在入口處的留言

那個陶醉於童年的詩歌主體已經不見了（或者說已經長大成人了），我們現在看到的是一個高度自信，對世界和他者充滿了信任的主體形象，她再次來到了遊樂場，這一次她不再有懷舊式的絮語，而是堅定地選擇：「無限下沉」──我們可以將這種下沉理解為一種反方向的上升，當我們的身體越接近世俗生活，我們的靈魂就會越發愉悅，然後，身體和靈魂就開始反方向上升。「你到達時，會看見我在入口處的留言」。這與前一首〈遊樂場〉形成呼應，遊樂場是散落在這個世界的秩序碎片，因為主體的自我確認已經完成，所以它自動形成了一種召喚結構，在留言被寫下的時候，新的詩歌和新的主體同時

誕生了。

我曾經陸續讀過一些台灣青年詩人的作品，和他們不同，林婉瑜走的是一條相反方向的路，在主體自我封閉的時候，她選擇了張開，在修辭風格趨向於冷靜的時候，她選擇了溫暖，並用抒情的方式回應著一個更悠久的詩歌傳統。我曾經在談及大陸1970年代作家的寫作的時候提出，不應該將寫作的資源僅僅建立在現代主義美學的基礎之上，而是要重建一個更悠遠，更豐富的精神之源。這一點同樣適合台灣的青年作家。我在林婉瑜的作品中看到了新的可能性。最後我用林婉瑜一首詩來結束我的短文：

〈霧中〉
落下以後
我才發現自己
是一片黃色的葉面

樹木垂萎以後
我才發現
自己是秋天

走錯了樓層
仍然可以

用同一把鑰匙開門

開錯了房門
仍然熟練地
親吻床上的陌生人
朝向南走

冰河緩緩地化解
成水，沸騰
朝向西走
日頭不再
下落

那一日
我們的內部
全起了大霧
詩人從襯衫口袋取出
最深沉的暗喻
試圖擦去水氣

對不同的精神資源和美學形式的更新，和探索就像在霧中行走一樣，必然充滿了歧途和誤會。但是正如詩中所言，即使「開錯了房門，仍然熟練地，親吻床上的陌生人。」萬一這個陌生人，就是那個我們一再尋找的唯一的他者呢？

【楊慶祥，北京中國人民大學文學院副教授】

愛的變奏，人間氣息
閱讀林婉瑜

黃文倩

一

　　我並非專業的詩評家，也不是專攻現代詩的研究者，但愛好文藝，不短的時間也讀些現代詩，大抵還符合事實。2014年夏天，我回到淡江大學中文系專任，因緣際會接任「微光」現代詩社的指導，為了理解與陪伴新生代年輕學生讀書，也嘗試跟進晚近現代詩的許多新作與品味，才較自覺地蒐集與閱讀更多台灣新世紀（21世紀）後的現代詩的作家及作品，林婉瑜和她的詩作，是比較令我印象深刻的世界之一。

　　從2001年至今，林婉瑜已正式出版四本詩集：《索愛練習》（2001）、《剛剛發生的事》（2007）、《可能的花蜜》（2011）及《那些閃電指向你》（2014）。儘管在當中，她曾經嘗試過許多不同題材與主題（例如母親、孩子、時間），實踐後設性的探問詩及話語的本質及其「藝術」的可能（例如〈尋找未完成的詩〉及〈說話術〉），但貫穿在林婉瑜詩作的核心，最重要的視野應該還是愛。過去，一些學者和批評家，也曾意識到她對這種主題的探索興趣，柯裕棻指出她這種書寫的特質是：「內蘊強大的顛覆與復生之力，……使用陰性隱喻，不刻意堆砌，於是便有無堅不摧的柔婉與真誠……」，陳義芝則指出：「一個何等堅持、執著的探索者，以念力撥開迷霧，不斷地出發，涉險。愛情的處境也就是生命

的處境。……情愫在熱烈中凝定出冷澈，在塵染中漂洗出潔白，如香杉般優美、香郁、強韌。」這些判斷都很到位，進而言之，林婉瑜以愛為名的詩，有明顯地軟中帶剛，柔中帶韌的力量，同時在情感的冷熱控制中，雖然偶有冷澈，但其冷度似乎更多的指向自身，而非輕易解構或凍傷他／她者，從這些角度來看，林婉瑜及其詩作，確實是較為溫情與抒情的，以現代詩這種高度講究實驗性、意義拆解與推進差異化的前衛文類，林詩的堅持，很難說不是一種對生命、對情感、對自由的慎重和尊重，身處後現代卻仍信任愛的本質、人的品質，身段放軟地觀察試驗著他／她者的多元與生物多樣性。

林婉瑜的愛的主題詩，時常讓我聯想到俄羅斯女詩人阿赫瑪托娃及茨維塔耶娃，她們也偏好愛的主題，終其一生扣問它的力量與意義，然而，對20世紀初苦難的俄羅斯人民來說，這種能量或視野，仍需承擔民族國家的生靈，安頓千千萬萬的百姓，某種程度上，這或許也是阿赫瑪托娃及茨維塔耶娃的詩，最終邁向了詩史品格的祕密。或許我讀的還不多，但當我以歷史與時間的發展，來排序並閱讀林婉瑜的詩作，我注意到她對愛這種情感的性

質及其變奏，有著類似前述大家的過人敏感，有著一種可以變奏衍生出更多境界的明顯潛質，當然，這種潛力與敏感度，從中西現代文學史上粗略來說，也不一定只能透過現代詩這種文體來呈現，許多19世紀、20世紀的優秀小說家的作品，亦能看到類似的愛的探索的片段（例如契訶夫、屠格涅夫、托爾斯泰，甚至毛姆），但像林婉瑜這種明顯自覺，以詩學的方式，數十年累積地思索與藝術化愛的主題與視野（包括精神、情欲、愛的日常性與普世性、窄化的愛與寬廣的愛、愛「本身」的哲理可能）者，確實是相當特殊的個案，值得爭取理解與討論。

二

《索愛練習》（2001）是林婉瑜的第一本正式出版的詩集，是詩人大學階段的作品，表現了她年輕階段對「愛」的理解（瘂弦曾說：「林婉瑜的詩有自敘傳的色彩」）。書名以「索愛」及「練習」為關鍵詞，大致能對應這本集子在愛的主題上的核心特色：年輕初上人生征途的詩人，對人生與生命尚還懵懂，渴望愛，但或許還不懂得如何去愛，因此誠實自覺地概括這個階段為「索愛」，這是一個容易

將他者視為目的與歸途的階段，林詩以一種並非古典的閨秀傳統，也並非西方現代性下的女性意識來回應她的愛，例如〈出發〉：

爾雅出版社

〈出發〉
每天每天
星群從西方隱沒
河流朝向海洋出發

我也願意
服從時間的流變
一再一再
向你出發

〈出發〉的趣味與特殊性是在於，「我」儘管視「你」為目的與歸途，看似依附，但聯繫上的隱喻卻是：「星群從西方隱沒／河流朝向海洋出發」，將

對「你」的愛，上升到了一種對宇宙與自然神祕的秩序的回應，因此這種對愛的臣服，就不只是太過私我與個人的告白，而可以視為詩人建構一種遼闊精神主體的起點。

類似的佳作還有〈天使〉：

〈天使〉
老天終究還是分派了一個天使給我
黑暗夜，死蔭的幽谷
你前來
周身的光華使我暖和

沒有一隻羊會被虧待，即使
是離群的

在廣漠的草原
天使緊緊挨著我
我便擁有了
十四萬燭光的幸福

在這裡，將自我／主體以離群的羊為隱喻媒介，背後所對應的，可能是如上帝與羊群之間的關係與視野，因此，「你」才能成為「我」的「天使」，「十四萬燭光」的明亮幸福，因此也點染

了一種沐浴在靈光下的神聖感覺。以詩人當年的二十初歲的年紀，能夠有這樣的視野，並有效還原回個人感性的想像，不能說很簡單。

《剛剛發生的事》（2007）的詩人主體，開始進入對愛的理解的轉變階段，如果說，在《索愛練習》中，對愛的認識，仍需要仰賴抽象與神聖的信念與知性的隱喻來強化愛的力量，在《剛剛發生的事》中的一些佳作裡，則發現了回應具體對象的動態變化的活潑性，例如〈豢養守則〉：

〈豢養守則〉（摘）
……開門
餵養你
揣測關門時你是否仍在裡面
變胖，長大
……
適時燦爛，適時依偎
或冷淡
……
我也在時光裡變胖，長大
從深海到陸地
從鰓進化成肺

進化成你親愛的脊椎動物
在世界偌大的房間
每當你開門
我便匆匆從大風吹或木頭人的遊戲中退出，靜止
好像一直在那裡
期待著，看著，等著
等你餵養我
帶走我

愛的性質中自然包括豢養與被豢養，但渴望被他者所愛與接受，多少要降低甚至削弱個人的主體性，這種削弱在詩人的世界中，並不以為低，相對於各式現代詩人、文人的高度張揚、擴張個人主體的權力意志，林婉瑜似乎偶爾透露出願意為了對方而暫時收斂自己的意願，這也是一種「自由意志」，也因此使得她在愛的意識發展中比較客觀，對主體為了「索愛」的脆弱性，亦有著清醒的認識，如〈午後書店告白〉：

〈午後書店告白〉（摘）

洪範書店

穿粉紅色圓點襯衫的那男人頻頻看我
我怎麼可能愛他呢怎麼可能
我不喜歡以為自己是草莓的人
……

你在47
我在18
被擠擠切分的人生
我們各據兩岸
還要這樣眺望多久呢
……

翻閱我
即使我是熱帶魚飼育手冊、河豚食譜
我是你人生不可缺的營養
即使微量
……

我的寂寞驅使我同意
你就迫降在這裡

愛不完全是理性與可控制的，主體
原本對愛的標準，一旦遭遇具體對象的召
喚，主體也能做出各種改變，如〈午後書
店告白〉的熱帶魚飼育手冊、河豚食譜，
把自我視為「你人生不可缺的營養」，那
種《索愛練習》的抽象神聖與精神光芒，
在此轉入世俗的實用性，為了愛將自我實
用化，開始彰顯的是愛的人間承擔。然

而，有意思的還在於，這首詩仍有著一種
略帶尖銳的主體性，收尾在「我的寂寞驅
使我同意／你就迫降在這裡」，如此，前
面的一系列對「你」、對愛的爭取與告
白，也是主體「寂寞」的一種結果，並非
完全是因為「你」的緣故。當然婉瑜是寬
容而不願對他者點破的，她的熱中帶冷的
冷，也就體現在寧願對自身寂寞加以反
諷，而不過份期待他者的節制與分寸上。

三

烏納穆諾在《生命的悲劇意識》中
探討愛的本質時，曾提出一些很經典性的
觀點，他說：「透過愛，我們尋求自身的
永存之道」，他甚至謙虛、平等地以動物
來比喻，認為：「生存物的最低形式，就
是藉著分裂自己而增殖，把一分為二，終
止它先前所形成的統一體。……自我分裂
而增殖的生命活力枯竭時，種族必須取用
兩個廢棄無用的個體加以結合，以隨時更
後生命的泉源。……牠們之所以結合，為
的是能夠有更多的活力再度分裂。世代的
每一行動都在於生物能中止牠曾有的生命
形式——不管是全體或部分，在於分裂，
在於局部的死亡。生存便是付出自己，尋
求永存。」

前述所指的結合即為情欲。對一個優秀的現代文學作家、詩人來說，這幾乎是一個必然要處理到的視野，婉瑜自然也不例外。在著名且時常被引用到的代表作〈霧中〉（2002），主體初試身體與情欲：

〈霧中〉
落下以後
我才發現自己
是一片黃色的葉面

樹木垂萎以後
我才發現
自己是秋天

走錯了樓層
仍然可以
用同一把鑰匙開門

開錯了房門
仍然熟練地
親吻床上的陌生人

朝向南走
冰河緩緩地化解
成水，沸騰

朝向西走
日頭不再
下落

那一日
我們的內部
全起了大霧
詩人從襯衫口袋取出
最深沉的暗喻
試圖擦去水氣

　　那是混沌未開的青春階段，如黃葉之落下、秋天之垂萎，生命中有些力量是自然的墜落與地吸引力，發生在道德家的理論前、在世俗的惡意目光前，但是，這個「開錯了房門／仍然熟練地／親吻床上的陌生人」的主體，似乎走進了更混沌的迷霧，想用詩的凝視去釐清混沌狀態。從某種主流的西方觀點來看，這樣的情欲詩似乎不夠頹廢衰敗不夠壞，我卻認在這樣的詩作中，詩人很早就體現了一種對精神之愛的要求高過於肉體的追求自覺。在近期詩人Facebook所新寫的詩作〈開始〉（2016），更為清醒地堅持了這種選擇，這個階段的林婉瑜已是三個孩子的母親，中段的清新形象，大抵或可反映主

體仍抱持著對天真、純粹、生命中美好的一切的信任與意向。

〈開始〉（摘）

你的眼神

從我髮的坡度滑下

經過險峻的鎖骨攀爬

胸前柔軟的丘陵迴轉登陸

水滴形狀的耳垂最後垂降在我

平滑的頸項之間……

（我知道在你眼中我是，一個

女人）

但你我之間

可否

從別的地方開始譬如

從一起玩填字遊戲開始；從一起等

待日暮撤退開始

從一起逛動物園學習動物們的手語

開始；從電影、詩或演唱會

從夏天草地上的散步開始……

四

2001年，林婉瑜出版《可能的花蜜》，這部書有更明顯的日常化的視野，歷經《剛剛發生的事》的「人間」轉化的主體，在《可能的花蜜》中，開始更希望擁有活在當下的飽滿，並且投入一組城市及鄉土對比下的選擇，在城市飄盪多年的主體，跟隨著「你」回到雲林鄉下，想像另起新的光合作用與品種，想像各式新鮮的生活，相對於城市的公共性，主體似乎愈來愈傾向走上一種相對「室內」的傾向，這種「室內」的性質，接近張旭東在評述班雅明的《發達資本主義時代的抒情詩人》的內涵，張說：「在班雅明看來，由於資本主義的高度發展，城市生活的整一化以及機械複製對人的感覺、記憶和下意識的侵占和控制，人為了保持住一點點自我的經驗內容，不得不日益從『公共』場所縮回到室內，把『外在世界』還原為『內在世界』。在居室裡，一花一木、裝飾收藏無不是這種『內在』願望的表達。人的靈魂只有在這片由自己布置起來、帶著手的印記、充滿了氣息的回味

馥林文化

的空間才能得到寧靜，並保持住一個自我的形象。可以說，居室是失去的世界的小小補償。」（〈班雅明的意義〉，收入張旭東譯：《發達資本主義時代的抒情詩人》，台北：臉譜出版，2010年）我以為用這則說法，比附詩人晚近的主體有一定的效度，尤其同樣作為生活在發達資本主義時代，偏好抒情詩歌的詩人而言，這種「室內」或「內在世界」的開發，有一定程度的合理性。當然，類似的主體轉向也並非僅僅是林婉瑜一人，崔舜華（1984-）亦如此，但在氣質風格上，婉瑜的「人間」氣息仍然較強，不若後者較為波西米亞。

林婉瑜算得上是勤奮且努力的採蜜者，晚近的新作《那些閃電指向你》（2014），再度將對愛的理解，重新聯繫上一些哲理性。然而，這種哲理性已不同於林詩早期以信念所成全的哲理高度，而是似乎在充份體會過為人母的經驗與感性後，詩人開始體現了一種從個人走向世界的願望，對自我／主體之值得被愛也不再懷疑，〈世界的孩子〉以各式溫暖的形象，即使必然要經歷如大自然秋葉的秩序，即使「拋棄了自己的生命」，成全新的種子，自我／主體也仍然是不饋乏與完滿的，因為，「我」是「世界的孩子」，共享了世界自然的各式溫柔與饋贈吧。

〈世界的孩子〉
秋天的第一片落葉
是怎樣拋棄了自己的生命去親吻土地
濕氣裡的種子
以為自己是在溫暖泥土裡而努力發芽
我也是被愛的
被整個世界所愛
被日光所愛
被層層襲來的海浪所愛
被柔軟適合躺臥的草地所愛
被月光以白色羽絨的方式寵愛
被夏夜晚風這樣吹襲
幾乎要躺在風的背面一起旅行
雖然經常
孤獨地哼歌給自己聽
我是世界的孩子
有人喜愛的孩子

林婉瑜的詩是否太不「現實」了？太不切實際了？太天真、溫情與抒情了？甚至過於小資產階級或中產階級化了？如果可能有這樣的判斷，在我看來，必然是過於粗糙的假設。作為一個也已近「不

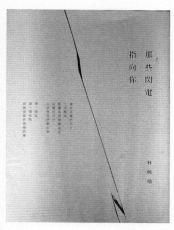

洪範書店

惑」的小知識分子，作為一個閱讀中西現當代文學也不算短時間的讀者，當我不斷閱讀到晚近同期「七〇後」世界中多光怪陸離、以虛為實的幻象，「人在中途」的自欺與悲傷，犬儒、失格、耍廢、早衰成為新想像的主流，我不得不說，從辯證的角度來看，林婉瑜詩中這種對溫暖的堅持、對光亮的信任、對付出的放下、對愛儘管有各式變奏仍然願意承擔的發掘精神，格外令我驚訝與慚愧。同樣收錄在她的《那些閃電指向你》中的〈無用的人〉也點出了類似的心聲：

〈無用的人〉
我所擁有的
不過就是一些字
幾首
小詩

那麼如果你不識字
對你來說
我就是一個無用的人

我所擁有的
不過就是一些愛
微小的愛
試著照亮自身所處之地
試圖照亮你
的一些微小的愛
如果你不信愛
對你來說
我就是一個無用的人

詩人學者唐捐曾在Facebook發言認為：「抒情詩人是昨日輝煌的遺腹子，美好前朝最死忠的遺民。」我以為此言還可以再補充。當我們的時代已經充滿虛無與失格，當我們的社會與人心已經愈來愈難以彼此信任，一個抒情持人願意延續與爭取昨日美好，拭亮你我之間的疏離與隔膜，努力在詩作的內涵及藝術形式上變奏、推陳出新，而且一寫已近二十年，這不是一種更為「少數」與「小眾」的孤獨者的實踐嗎？這不能不說也是一種「進步」。

【黃文倩，淡江大學中文系助理教授】

印刻文學 2

河流 宋澤萊 著

印刻文學
415

回家

顧玉玲◎著

INK

解碼人文
2

告別的年代：再見！左營眷村！

張耀升 著

DECODE 解碼

智圓出版
MORE
D003

小村種樹誌

劉維茵 著

走甜一黃咏梅

人間

06

★

馬小淘

著

人間

10

★

NIGHT
PEKING

北京一夜

王咸廉

人間

兩岸作品共讀：
底層、
新移民、
新主體想像

印刻出版

零餘者說
讀房慧真《河流》

沈芳序

讀房慧真《河流》的前一日，恰好參加了一場研習，講者是東華大學華文系的須文蔚教授，席間他談及德國漢學家認為台灣的文學作家多數走向自我內心的考掘，對比於此，寫作倘若要成為更積極的社會行為，對於私我之外的議題再開發，將是極為重要的事。

再白話點來說，文學若能走出個人的象牙塔，關懷社會，並且介入它，那麼寫作就不再只是小眾的事。於是，我開始讀房慧真的《河流》。

身為一個台北人，核考房慧真的寫作，才發現每每從新北市要「進城」台北市，必得經過的華江橋，橋下正是大漢溪與新店溪交會成淡水河流域處，縱使家離水邊這樣近，我卻是一次都沒走下去過。小時候，被算出八字犯水。兩次溺水的恐怖經驗，卻在多年後，於張作驥的電影《美麗時光》中，高盟傑與范植偉的縱身跳下後，被召喚出詩意的想像空間。

即便如此，「恐懼」仍是我之於「河流」的註腳。「河流」與其相關的，大多是負面情緒的投射：深不見底、不知流往何處的隱喻。因此在讀房慧真的《河流》時，我也不停湧現出一種濕、黏的違和感。她筆下的「河流」是早年中南部北上

移民的聚集地、是原住民被拆了又蓋，蓋了又拆的棲身處、是廣西榮民搭建高腳屋，停下流離腳步的終點。這些「河流」（及其所蔓延出的人事物），決不是唱著快樂歌曲的小溪，也不會只是充滿假日單車族、被規劃出的公園一角。它們象徵的比較像是靜靜地、不被看見與理解的城市湧動。這些相對「不美」的，反倒顯出生命真實的光彩。對比於人所追求的真善美理想，在追求的過程中，所不得不遭遇的不真、不善、不美；方是大千世界裡，眾人的日常。

因此前公娼白蘭出現了，「蝴蝶蘭大旅社」的鐵衣女和弱智女出現了。輕度中風的白蘭，掙扎起身如廁，「有時候她還沒到目的便撕開紙褲，撒了稀屎散落一地」。為了養家，白蘭十三歲時非自願地進入娼家，接下來最華美的十年青春，都被禁錮在與世隔絕的萬華私娼寮。直到她成了公娼，才過上「好日子」，這樣的好日子，指的是，不再有人強逼，可以自行決定接客與否。如此意義至關重大，身體

除了養活白蘭及其家人，還給了自己做決定的權利。白蘭只要存夠買鮮魚餵野貓的錢，就不再接客。身體，讓她換取到任性過活的自由。但當政治力介入，台北市廢娼後，連算術都不太會的白蘭，開了短短數月的檳榔攤，被相處二十年的情人拋棄，酗酒問題侵蝕擊潰了這具女體。最終，白蘭讓出了這個唯一自己還能作主的「基地」。拱手讓日日春協會的義工，打點照顧這具肉身。

對於白蘭，房慧真在第一本作品《單向街》中，就有不少著墨，如〈身體〉裡，講病後的白蘭喜歡義工無關色情意味的觸摸與擁抱，也喜歡報以觸碰照顧者的身體來回應。〈三陪小姐〉一文，則招認自己「自閉」，因此在陪吃（餵飯）、陪洗澡（幫忙沐浴）、陪睡覺（夜間協助如廁）的義工工作選項裡，選擇了陪伴熟睡中的白蘭。當協會義工與記錄片拍攝團隊，陪伴白蘭返家面對其生疏的母親時，房慧真發現那兩張無語就會自動別開不看彼此的臉，竟也恰似自己與父親的

臉。〈白蘭回家〉，則較詳盡地帶出了白蘭的家庭景況，大哥阿欽，也有著極為顛簸的一生，屢因太過瘦小而遭遇失業、離婚、兒女不認同；最後回返老家，與老母憑著一個月六千元的救濟金過活。「十三歲離家當雛妓的阿娟（白蘭小名），和十四歲離家作工的阿欽，到現在還是一樣的黑、乾、瘦，彷彿幼時瘦小的身軀被運命榨得不夠乾，長大後還擰了又擰，直到再也擰不出一滴水，就整個癱了下來，乾透了，卻還賴活著。」但阿欽在現實生活的重壓下，仍寫有厚厚幾本散文，在印刷廠工作時，也會順手拿起工廠的書來看，「同廢紙打包工漢嘉一樣」。房慧真除了在文中，大量而明確地指出可相互呼應的文學作品與電影外；行文更是充滿讓讀者得以連結想像的「縫隙」。

真實生命與虛構小說的「互文性」，也發生在〈浮島森林〉。感情受創跳樓，因此脊椎受傷的女孩，和弱智還得養家的女孩；在無可抵擋的命運捉弄下，「她和她，在站壁的樓上合租一層樓，兩個房間，兩張營生的床，兩個人合養一條土狗」。這種姊妹情誼，除了相濡以沫，還兼具「守望相助」的功能，不論是遇到暴力的酒客，或是為做業績的惡警，「姐姐」總會下樓為弱智妹妹解圍。歡場女子的心願無非是「日後攢夠了錢，我們買一棟房子住在一塊兒，成一個家」（《台北人・蝶戀花篇》）。這樣的夢想，從白先勇筆下小說〈蝶戀花〉，竟也穿越了虛構，成為現實。鐵衣女孩和弱智女孩，彷彿是「我」（「總司令」）與娟娟，化身而來。虛實穿錯，真似假、假亦真的「情節」，也發生在同篇作品（〈浮島森林〉）中提及的那對夫妻身上。

1935年，呂赫若的〈牛車〉，指出了在現代文明的衝擊下，過時的被淘汰者，如駕牛車的楊添丁，只能哀求妻子出賣肉體；最後卻因為被老婆激怒，走上偷竊的滅亡之路。到了1967年王禎和筆下，萬發為了貪圖簡底補貼的錢財與牛車，竟默許姘夫搬進自己的眼皮底下，讓太太阿好一女事二夫。拜耳病所「賜」，

萬發的男性自尊，自我閹割在這個偽裝下，每七天待簡底要與妻相好時，就刻意出外走避。

這兩篇經典作品，不約而同地，指出了貧困如何摧毀人的尊嚴。時至2013年房慧真筆下，貧困仍舊磨折底層人民。長期在萬華接客的這對夫婦，妻子接客時，先生就抱著稚兒在外頭等待。因為工殤，手指被壓斷的先生，長久被拒於就業市場外，房慧真不從倫理道德、法律等層次來談這樣的議題，她選擇從底層所遭受的壓迫，來看這些哀傷與弔詭，所以她代替工傷丈夫、弱智原住民少女、不能久站的前專櫃小姐，問出這個問題：「到底誰肯雇用我？」並且再進一步指出「我族」對「他者」的事不干己：「社會的眼光，先是將他們排出了我族的邊界，然後才要質疑，你／妳為什麼不跟我們一樣，選個正大光明的工作，去麵店洗碗也好呀」。

面對貧苦生活挑戰，而在萬華接客的這對夫妻，對比於以上兩篇（〈牛車〉、《嫁妝一牛車》）文學作品所描述，卻是

一路從被動、半推半就，「進化」到分工合作。誠然也是種時代的變動？

這些底層，能不能就一直做個不一樣的「自己」（公娼白蘭、鶯歌橋下三鶯部落的阿美族居民）呢？在被迫變得「一樣」的過程中，廢除公娼制，讓白蘭確認的是自己連算術都無法正確運算的不一樣；三鶯居民在房子被拆時，一再確認地是買不起房子的事實。

怎麼會一樣呢？

當「我族」排擠「他者」，進而希望「他者」變得跟「我們」一樣時，不是要解決問題；反而近似優越感與危機感的併發。如此思考，將只侷限於試圖抹消不夠「光明正大」的他者，而非有效配套治標的方法。「邊緣從來包圍不了中心，而是從中央向外圍侵逼」。這種侵逼是以眾敵寡的滅頂，有位階上絕對權威之別，複製的恐怕仍是強／弱、主／從、優／劣的標準。

房慧真在〈河岸生活〉裡，還這樣描述過她所想像的岸邊低限度生活：「露

宿於水閘門外的流浪漢，他如進城，會先在龍山寺前的艋舺公園遊蕩，置身於觀光客之間，聽那卡西伴奏的盲歌女唱起〈孤女的願望〉。他可以在康定路上的新樂園拍賣場，以物易物，同其他街友換來一件冬季鋪棉外套。也可以在廣州街邊上營業至深夜的清粥小攤，蹲著喝一碗便宜白粥。更晚一點，他或許還可以到西昌街的地藏王廟繞一繞，有時也想有個暖熱的身體來抱，在這裡出沒的流鶯，不嫌他身上髒，也好議價砍價，兩個底邊人相互關照，一切好商量。那麼，今晚當他出了城門進了涵管，或許還可以好好回味這一場河邊春夢，好抵禦連鋪棉外套也無法抵擋的寒冬。」這條非觀光客的遊民動線，雖然浪漫，卻合理。進城一場，「絢爛」後仍要歸於平淡，復返城外的涵管。也唯有如此，方能顯出春夢之珍貴。

而不論是想像或是真正的行旅，作者皆以一漫遊者的姿態，去踏查城市最底層的庶民氣味，去找尋真正的在地生活。這樣苦行的方式，緣由於她印尼華僑的父親。孩時，其父不斷以服務的航空公司所提供的免費機票，帶領一家飛往東南亞，並住進當地最便宜的旅館。幼時深感厭惡的行腳模式，卻深深影響作家。非典型的身世，非典型的童年記憶，非典型的旅行方式，非典型的寫作主題；好像也就變得理所當然了。

雖然房慧真筆下多是邊緣、不起眼的小人物；但她的情感卻非常節制。「對冷攤，習於冷眼旁觀，不起婦人之仁，不生惻隱熱心腸。不同情、不憐憫，不做衝動型消費。」（《河流‧冷攤篇》）在我看來，作家寫零餘者、畸人亦如是。頂多就是跟小兒麻痺的走賣人買過一次抹布，此後也就醒覺：之於不開伙、不宴客的阿宅來說，「兩條抹布已經太多」。在這種傅月庵稱之為「冷凝孤絕」的特質外，房慧真既冷又酷的眼裡，也有熱情傾注於「大至廢墟殘骸、街道肌理、頹圮的遊樂場、破舊的老公寓、小至人的軀體、貓狗的命運、暗夜燈柱、玩具公仔、書封、鉛字、頭髮、桌椅……」。這股熱情，自不

會是大江大海，反而近似於常被忽略的城市伏流吧。

　　作者書寫零餘者，除了介入／帶動社會議題討論的可能外，我還想引其在第一部作品《單向街》中的一些話語，來做另種推論的基礎。她說作家童偉格曾告訴自己：「演員即使在舞台上演一個好人，也需去揣想一生中最壞最壞的五分鐘，這五分鐘也許不會出現在劇情中，但是卻可以如一條細微的絲線綁住這演員，讓他不會傾斜得太厲害，作過度的表演。」（《單向街・惡意篇》）接著，她開始寫小學一、二年級和國中時期，分別霸凌過的兩個女孩。小學時，夥同幾個調皮男生，在遠足當天，將家貧的弱智女孩所帶來的午餐（七、八個各式麵包與一根香蕉）倒出，然後再將這些爛軟之物胡亂塞回，連同書包棄置在學校後方的大垃圾場。國中時，則是四處宣揚秀麗而內向的同班女孩作弊行徑，孤立努力模仿自己的她。前此種種，造成了房慧真這條屬於「加害者」的惡之絲線：「她，和她，如

兩枚小小的磁石，中間有條隱微的絲線，繫住我，釘住我。沒有滌清追悔的可能，文學不能，寫作也不能。」、「繫住我，提示我還有些事情，是無中生有的小說創世話語，也無法自我欺瞞，自我圓謊，自我耽溺滿足。」

　　寫作呈現出歪斜或偏頗，應該是相對「輕盈」的事，只要耽溺或縱情表演就容易達成；但要克制住情感，甚至直視、利用己身之惡、週遭之惡，來穩住／穩定寫作方向，直面現實人生，已屬修行。

　　於是，遂有零餘者說；遂有《河流》。

【沈芳序，靜宜大學閱讀書寫創意研發中心助理教授】

血脈相融的生命「洄游」
讀房慧真的散文集《河流》

張麗軍

初讀房慧真的《河流》，我感到既陌生又熟悉。陌生的是，我出生於山東莒縣的魯南山地，家鄉三面環山，一條小河穿村而過，是安然寧靜的潺潺小溪，是夏日摸魚撈蝦、冬日滑冰抽陀螺的童年生命記憶，沒有房慧真所言的大河、泥沼與海洋氣息；熟悉的是，我從《河流》的「下游」中讀到了沈從文的〈邊城〉與〈長河〉中的人物形象世界和氤氳其中的精神意蘊，從後邊讀到了魯迅的「小鎮敘事」和賈樟柯電影裡的邊緣人物風景。作者在《河流》中敘述的從容、冷靜，技法的嫻熟、洗練，似功力深厚的雕刻大師，手起刀落，一個毫髮畢現的生命世界瞬間成型，輪廓清晰、膚色鮮活、魂魄躍動。我很驚訝於房慧真的這種敘述視角、筆法、結構，以及由此帶來的個體生命體驗和深厚人文情懷。這是一條怎樣的時間之

流，怎樣的生命之河啊？我們生存的是一個怎樣的世界？我們每一個人生存其間，怎樣面對生老病死，怎樣在生命的單行道中踽踽獨行、堅韌生長？我們的生命源頭又在何方，為何如此生長？這些問題都在房慧真的「溯源而上」的「河流」中找尋到生命的初始根源、死生幻滅的存在過程與終極歸向。這是另一種意義的尋根文學。

生活根部的「下游」

翻開房慧真散文集的目錄，我就感覺到一種來自作者內心深處對世界探索和思考的審美軌跡，一種藉由文字散發出獨特的生命氣息。顯然，從「下游」、「中游」和「上游」的編排中，作者是有著一種審美的寓意在的。這既是其心目中的世界秩序，又是現實的生命存在蹤跡。「河

流」不僅是一條實存的物質的河流，更是一條藉由文字建構的生命之河、精神之河。自我、世界、他者，記憶、情感、心靈，即在這條「河流」的氤氳氣息中活靈活現，而又如夢幻、如泡影般瞬間風消雲散。而閱讀的奇妙就在於把這些風化過程後風乾的抽象文字，重新建構為一種可以永存的個體的、柔軟質感的鮮活生命。即在某一個瞬間，某一個契機，轉化為會意的心靈契合，成為一種你我共通的、乃至是某種群體性的集體記憶和時代風雲際會的精神印記。

事實上，房慧真的散文從一開始就吸引了我。殘存的朽腐妓院、「流鶯」稱謂的妓女、近乎停滯的生活，構成了這個繁華社會背後被遺棄的角落。這裡是一個「邊城」，與沈從文小說一樣的臨河「邊城」。不同的是，沈從文的「邊城」中的妓女是明媚的、爽朗的，是身體茁壯的、人性健全的，是可以轉換為另一種健康的生活，一如〈丈夫〉中的與丈夫一起還鄉回家的妓女。然而，《河流》「邊城」中的妓女卻是另一種景象。「我」作為「日日春關懷協會」的義工，在照料過程中見證了前公娼白蘭的無法自理的生活窘況和

台北廢娼後僅僅作為「性產業遺跡」的「公娼館」的遺存面貌。正如作者面對達官貴人曾出入的天字第一號的「江山樓」已是樓塌灰飛煙滅，「如今也只能在侯孝賢《最好的時光》中的『自由夢』一窺昔日景象」，這真是一個諷刺，《最好的時光》卻有著最發達的娼妓業和最豪華的公娼館。不僅昔日的公娼館已是灰飛煙滅，而且於此相伴而生的各種生老病死的產業、店鋪、人流、氣場，都一起迅速衰落了，化為「朱雀橋邊野草花」。「翠翠和爺爺不在，河岸不再擺渡貨物，越近河，水氣濕度越增，整排老屋已經壞毀得差不多了，恣意伸展的枝葉，綠巨人掀翻整片屋頂，往晴空猙獰抓去。」

房慧真從這裡進入歷史，觀望昔日的生活場景，在不經意間踏入了一個「邊城」意味的「邊緣性生存群體」的社會最底層人的「生活根部」。沿著《河流》文本的「流動」，自然而然順延到了當下生活之流。在「邊城」之後的「浮島森林」，在延續「邊城」的物理空間和精神意味的同時，傳遞出了當下「邊城」人的生活場景與生命狀態。這也在某種程度上還原或補充了曾有的歷史場景之細節。在

「蝴蝶蘭大街」的小旅館裡，有一群「流鶯」站在樓下，等待「打量」的眼神，被人點中。「粗工樣的男人，或許不會在乎老舊旅館轟隆作響的冷氣機，不會在乎黴濕黏膩的床被，不會在乎她的臉上，層層蓋上的白粉已如壁癌脫落，不會在乎她明明不是少女，還著粉紅迷你裙。這一切都無所謂。」「她不嫌他腳底生瘡流膿，幾月沒過水洗澡，他自然也不嫌她年華老去，假扮的天使。這其中或許沒有太多色情男女的欲望流動，更多的是，同是天涯淪落人的相濡以沫。」作者沒有對「流鶯」的生活做簡單的道德評價，而是從人性深處悲憫、憐惜生存的痛苦、憂傷與無奈。在作者溫婉從容的敘述口吻下，我們看到了作為「流鶯」個體的真實生存處境。為情所傷而終生支著鐵架的專櫃小姐、需要撫養弱智母親和外省老兵父親的弱智女兒、受工傷殘疾的丈夫，這是作者在深層接觸之後所展示的這些「流鶯」背後的不為人知的沉重生存背負以及由此而帶來的巨大精神陰影。這不是榮格所言的生命深處的「暗影」，而是承擔了自己、親人們的所有與己相關世界的重負。我從《河流》中讀到的「流鶯」，不僅不應該

受到人們的鄙夷和蔑視，而且從某種意義上來說，她們是這個最底層邊緣世界的「拯救者」，是最脆弱世界「開出堅韌的花朵」的生命「忍者」，是生活根部的母性大地。

「中游」的漂泊與回歸

房慧真《河流》散文集有兩個較為集中的關鍵字彙，就是「邊緣」和「水」。可以說，這兩個關鍵字貫穿於整個文集的始終。無論是「下游」的邊城、浮島、大河盡頭、水上人家、大橋下，還是「中游」的河畔、江湖、麵攤、小鎮，到下游的汀州、劍潭、下水底乃至乃至看不見的城市，無不有著深沉的底層邊緣意味，而在這些「邊緣性空間」處處有「水」的如影隨形的不同幻化形態與冷熱甘腥的豐富氣息。

「中游」註定是漂泊的過程性流動。「流浪藝人」巧好是這種河流形態與生命存在形態的最佳注腳。〈流浪藝人〉散文呈現出作者對流浪藝人文化歷史的深刻理解，在講述河北吳橋藝人、北京「龍鬚溝」天橋藝人和日本的「遊女」、「傀儡子」、「河原者」藝人歷史的同時，描

繪出了一部各地流浪藝人的生存圖景，道出了這一邊緣性群體在熱鬧風光娛人背後的苦難、心酸和漂泊的淒涼。與這些流浪藝人所形影相伴的水，這有著更深層的文化、心理內涵。作者從《尚書》、《詩經》裡面的記載的水邊祭祀、典禮儀式說起「水中有靈」，以及《楚辭》與水有著密不可分的關係。在宗教文化中，「水邊為陰陽魔界的閘口，多祭拜儀式，因此也多聚集介於人巫之間的流浪藝人」。與這種巫儺文化相伴而生的儺戲無疑是現代流浪藝人藝術的始源。如今的戲劇藝術，已經從最早的酬神轉為娛人，但是與水的相伴而生，並沒有消退，如當代中國大陸張藝謀指導的《印象·麗江》等大型實景演出戲劇，都在某種程度上存在著對河流與水的極度倚重。水在千年之後的今天，依然在波光粼粼中的夜晚顯現出靈性與「巫性」的一面。

作者從流浪藝人的生存歷史敘述轉到了台灣本土的流浪藝人。「不一定進入廟堂，粗野有粗野的生命力」，淡水河畔的三重埔如同河北的吳橋一樣是被海水淹灌之地，即在這片低濕之地，「卻由一番娛樂業盛景」。蚊子電影院、露天歌廳、

「天台戲院」、馬戲團，這些都有濃重草莽、賤民氣息的邊緣性藝術團體，「一夕之間撤了，撤得徹底，無人知覺浪遊的隊伍何時拔營，何時離鎮，何時消失於河兩岸的風景之中了」，「徒留下沙河淺流潺潺細唱」。正如河流中的水一樣，奔波、流動是流浪藝人永不停息的漂泊之命；一旦駐留下來，可能就是去了特有生命的波光、色彩和氣息。

與流浪藝人的「漂泊」不同的是，《河流》「中游」還寫到了一個凝固的「小鎮」以及小鎮上的「畸人」。小鎮、畸人自然是以往作者邊緣性敘述的延續。台灣的楊佳嫻在〈《世人與畸人——讀房慧真《小塵埃》〉的文章中，引用《紅樓夢》中妙玉的帖子引出與「世人」區隔的「畸人」說法，藉此分析房慧真的散文，非常巧妙自然。但是，在「河流」這裡，「小鎮」又有何不同的哪？事實上，處於世界邊緣的「小鎮」，正是「河流」枝杈中的一處偏遠之地，或是「河流」枝杈的某一支流的起點。從某種意義上說，「小鎮」無論是臨河而生的，還是支流起點的，都是生命「漂泊」的起點。這些邊緣世界的人們從小鎮出來，在人生的「河流

中游」漂移。而在漂移疲倦的某一時刻，重回到「小鎮」，以此為生命終老的歸宿。人生歸去來的無限風景，漂泊「中游」的無盡妙意，盡在其中。

然而，在現代化的洪流中，小鎮終是被遺棄的存在，「有稻田的廢耕，有漁船的擱淺，有技藝的被輕易取代，有學歷的回鄉啃老，離開小鎮的，又回到小鎮，常人下崗歸鄉，加入畸人，也許會問一句：『路，它怎麼就沒有了？』」。是啊，我們的路在何方？這不僅是台灣的濱海小鎮的疑問，而且也是大陸鄉村的困惑。梁鴻書寫「梁庄」系列的非虛構寫作提出了一個沉重的主題：鄉土文化精神傳統的消逝和鄉土中國最微小村莊的消滅，到底會給21世紀中國帶來什麼樣的影響？千年的鄉土中國向何處去，路在何方？我們的心靈歸向何方？這或許是一個世界性的文明難題。

「上游」，血緣根部的精神探索

河流「上游」終極之處是生命的源頭與起點。《河流》散文集的「上游」，對於房慧真來說，有著別樣重要的生命始源和「血緣根部」的意義。我是誰，我從哪裡來，我到哪裡去。這是每一個成人生命必須追問與思索的精神命題。從某種意義上說，這是與我們一生都要相伴的困惑，都要進行一遍遍追問的命題。因為這裡蘊藉著一個生命個體最核心的奧祕，其人生所有的行為和問題都可以從中尋覓到答案。

「汀州」是作者在《河流》「上游」進行生命溯源的起點。汀州路上的河堤國小，是作者入城後就讀的第一所學校。這裡不僅有兒時的親切記憶，而且從汀州的「廣東大埔」同鄉館，引出了「過身」的「爪哇島上祖父」、「去世」的「台灣島上的父親」和為兒女教育早早做好「孟母三遷」準備的「母親」的各種具有「血緣關係」的生命根部記憶。劍潭則是「上游」中的另一個重要生命驛站。從桑海桑田的變換中，作者體驗到了當初「從南洋而來的父親」為何「選擇讓一家落腳幻影一般的劍潭」的生命「惶惶之感」。

從汀州、劍潭的生命驛站到「下水底」，作者溯源到了生命的第一個「血緣」起點：母親的家鄉。「下水底」，不是一邊的邊緣，而是邊緣的邊緣，這裡已經沒有所謂「小鎮」的小食鋪、雜貨店、

便利店，而是碎石路、坡路和某種「隱喻」性含義。正是因為「出生底」和這個地理名稱的「隱喻性」，讓「父親每每惡語相向，總夾帶出『下水底』，原本中性的地名，有了貶義，成為充滿惡意與歧視的修辭」。「卑賤、猥瑣、貪婪……，所有人類劣根性的種種，就讓出身低的人去承受。」由此，作者想到了英格蘭人的「沼地」裡的「沼民」、賈樟柯《三峽好人》裡的移民、王安憶《富萍》中的上海灘邊沿的外地船民，這正是這些世界邊緣的邊緣性存在，呈現出了亙古至今的大地子宮的獨特意義與價值。「背陽山谷，沼澤地，下水底，低矮潮濕，孕育著世界最原初的樣貌。母親的子宮，老子的穀神不死，野獸藏匿的巢穴，或者是榮格集體潛意識的夢。沒有過去，沒有未來，時間在其中不曾存在，像是神話出現、文明發生之前蒙昧混沌時刻。」這正是千千萬萬的「下水底」及其生存其中的千千萬萬底層民眾的意義與價值之所在。這是「母親」的出生之地，是生命孕育的初始之源。

婆羅洲是作者「血緣根部」的另一個源頭，也是作者「河流」的「上游」的終極處。像「苦澀的梨子」、「蹲坐的雨蛙」的婆羅洲，處於熱帶雨林中，在一片片樹海的掩映下，「底下不見天日的幽暗，墜入深海猶如史前時代」，是「我」所無法撥開的「層層密遮的黑暗之心」。「文明的終結，世界的盡頭，貪婪，瘋狂，動物失序」，原來文明世界的眾多修飾一一剝離，回到生命的遠初，「倒退回圖騰上的蛇、鷹、豹，退回祖靈所在」。就在這篇原始、肆意、凶猛、祖靈的土地上，有著與之相對應的野蠻、無序、混亂、強力的生命圖景。曾祖父母、祖父母各自私通，到父親依然如此。正是在這片黑暗之心的土地上，凝視「紊亂如雨林水系的家族血脈」，「我」才能真正理解與包容，產生了血脈深處共鳴的「神祕感」。「經血來潮」以異乎尋常的「血崩」般，「剔骨換父」，「反哺」父性大地，「直抵生命之源，黑暗之心」。至此，「我」完成了一條「河流」的生命「洄游」，與「祖靈」血脈相融。

【張麗軍，山東師範大學文學院教授】

相映如鏡
讀顧玉玲《我們》與《回家》

張郅忻

印刻出版

我對於「移工」最初的印象，大約是國小時，姑姑的鄰居家來了一名菲律賓看護，我跟著表妹一起喊她「姊姊」。她的眼睛很大、聲音響亮，人很活潑，偶而到姑姑家串門子，表妹正在兒童美語補習，她不害怕開口，兩人常在沙發上用英文聊天笑鬧。我害羞又羨慕在一旁看著，遲遲不知道該說些什麼。當時的我不知道「外勞」、「移工」這些名詞，只隱約知道她是外國人，就像「外籍新娘」和「新移民」這些詞彙都是到大學以後才知道的名詞。高中時期從印尼嫁到台灣的小阿姈，只知道她和我一樣都是客家人，不過是住在不同地方而已。事實上，客家人是什麼我也不太明白。

那些區隔彼此的界線，不知何時開始變得越來越清楚？集體代稱時而讓我們忽略存在於集體中的個別特性，他們來自何處？有什麼樣的文化？又各自有什麼樣的生命故事與夢想？更為細節的相互理解往往容易被忽略。而這一點恰恰是我初讀顧玉玲的《我們》時，感到撼動之處。她關注造成移動的大環境因素，但她同時呈現作為一個人的夢想、情感與掙扎。

長期從事勞工運動、任職於「台灣國際勞工協會」（Taiwan International Workers' Association，簡稱TIWA），肉身參與，實地觀察，使顧玉玲作品裡呈現逼人的真實感。顧玉玲在《我們》的後記裡，即強調取材之真實；唐諾亦以「真

實的提煉」談顧玉玲的書寫。所有文字皆無法完全反映真實，但總能在書寫者所見所感裡，更複雜的觀看、映照真實裡的一些面向。相映如鏡，顧玉玲如此談閱讀與書寫，她在《我們》引用一段墨西哥薩帕塔民族解放軍公告：

> 我們是鏡。
>
> 我們在這裡是為了彼此注視並為對方呈現，你可以看到我們，你可以看到自己，他者在我們的視線中觀看。

這面鏡子是顧玉玲作品的核心意象，《我們》寫島內異域，交錯彼此身世；《回家》走出島外，來到越南移工的故鄉。更多的理解，知曉的唯有更多自身的偏見與侷限，這些限制正是區隔的界線。顧玉玲透過真實的參與理解限制所在，以書寫越界、突圍。她告訴我們，在那些被暫時穩固的名詞身後，有太多的悲歡喜怒，有太多無法用同一框架標誌的人生。

我們從來都在其中

《我們》作為顧玉玲長期關注移工運動後的側寫紀錄，封面為原籍緬甸的曹麗華所繪，主標為「我們」暗示著這不只是「他者」的故事，這是一個「我們」的故事。顧玉玲以「台灣」為主要觀照場域，追索移動者的足印，不只外來的移動，亦有島內的流動。移動而來的人，與島上的人往往命運相依。況且島上的人不也曾是或亦是移動者？不說明末以來的漢人移民、1949年隨國民黨來台的人們，更近一些的，有1960年代到東南亞工作的台灣移工，我的祖父即是其中一人。那些來不及說的故事、尚未被書寫的故事，就在我們身邊，等待看見與理解。

首章篇名「我們」，其中主要記錄一位菲律賓移工密莉安的移動歷程，她因後來結識同工廠的台灣人，進一步相愛結婚。密莉安從「移工」成為「移民」，從此待住陌生島嶼。首篇〈俊興街224巷〉從位於台北縣（今新北市）樹林、新莊交接地帶的一條街道寫起，這裡進駐許多家庭式小工廠，多半是外來人口，近十餘年來則是東南亞移工的工作與聚集地。次篇〈中山北路三段〉寫島內移動，談阿溢的母親陳淑華在60年代初期到繁華台北討生活，等到阿溢也到台北討生活，這條繁華街道已然改變模樣，菲律賓等東南亞商店進駐，成為「台北的『城中之城』，本地人的他域之境，密莉安在異鄉的故鄉」。顧玉玲巧妙運用「路」的意象串連起島內外的移動路徑，關於「我們」的存

在從來都在這條移動的圖譜裡。

第三篇的鏡頭挪向密莉安於1979年出生、成長的菲律賓，顧玉玲以擅長的鉅觀與微觀鏡頭的交錯，呈現小人物於大時代下的拚搏。馬可仕執政的年代，過度依賴美國的結果，造成失業工人移往他國。即使像密莉安這樣在菲律賓社會裡稍具條件的家庭，也仍然必須受到這條「穿越城鄉、國界的幫傭連鎖鍊」所束縛，在「以資本主義世界體系的國界為座標」裡，上下浮沉。人們被迫在這樣背景下做出抉擇，「盤算更好的出路」成為顧玉玲筆下人物的共同語言，無論是台灣島內從南部北上找工作的陳淑華、阿溢，或者是從菲律賓到台灣的密莉安。在密莉安的故事裡，我又想起童年認識的那名活潑、外向的看護工姊姊，後悔沒能多問一些關於她的故事。她和密莉安年紀相仿，現在的她身在何方？又準備去向何處？

第四篇〈朴子、台北，蜿蜒迴轉的島內移動〉以密莉安讀大學的1996年為背景，談台灣資本外移下，阿溢的工作狀況。透過密莉安與阿溢的成長背景交錯敘事，提出「外勞搶本勞飯碗」的謬論：「現實與政策都在為資本家的利益盤算，本勞外勞於是被置放在一個看似『搶飯碗』的天平兩端，像是同一條生產線的對立者。但實際生活中，分明是外勞愈被剝削，本勞愈沒有出路，唇齒相依恐怕才是真相。」顧玉玲進一步闡述她的基本立場，台灣勞工的對立面，不在於更低廉的外籍勞工，而是資本家、當權者。

最終，將故事轉往自身，寫血脈裡的移動故事。第五篇〈我的中山北路〉提到沒有血緣關係的繼父是1949年來台的移動者之一。她對中山北路最初的印象，即來自繼父與母親在圓山動物園約會的照片。父親曾在國防部工作，母親第一次造訪台北興奮奕奕，語言不通的兩人，帶著各自際遇結合。再後來，顧玉玲因為讀書工作北上，中山北路已逐漸沒落。與此同時，顧玉玲接觸左翼讀物，開啟全新的認識世界的方法，思考自己究竟要成為什麼人？她接著描述政治修辭區別「人」的手段：

騷動不安。伏流持續激躍上岸：山胞正式改稱「原住民」（此後政治修辭學不斷推陳出新，二十年源源不絕，從四大族群到新台灣人，外省人改稱新住民，外籍新娘改稱新移民女性）；十九歲鄒族青年湯英伸殺害僱主一家，無法挽留地速遭槍決（再過二十年，同樣證件被扣、不分日夜工作沒有休假日、最終持刀砍殺僱主的，

就換成外籍女傭了）；台灣解嚴了。

這一段極濃縮論及台灣的部分歷史背景，以及轟動一時的湯英伸事件，焦點放在勞工的處境上，只是原住民的身分換成移工，人們慣習藉由區別建立自身的位置。顧玉玲裁切、編織生命中遭逢的移動故事，有歷史的縱深，亦有空間的流動、轉換，這一條「中山北路」象徵移動的足跡，彼此如鏡映照對方的身世。就在視線交錯的時刻，界線被重新描述、認識與開啟。

回來的人與回不來的人

有別於《我們》一書中，雖寫及菲律賓的背景，多數書寫場域仍放在「島內他域之境」。《回家》的主要場景在越南北部，顧玉玲離開台灣，追尋移工返鄉。她自述《回家》的書寫計畫，自2009年底至2010年赴越南停留兩個月，加上2013年9月至10月再度回訪，期間經過四年時間，「落筆艱難，反覆修改，最終留下二十萬字的書寫」。她誠懇道出，面對語言、歷史與文化截然不同的異鄉，易地而處的心境轉換，而愈是理解，愈明白自身的限制，下筆時有更多踟躕與猶豫。

延續《我們》如鏡相映的書寫視角，顧玉玲自長期從事勞工運動與自身生命經驗出發，觀看以經濟發展為當務之急的越南，似曾相識的景象：

似曾相識，我想起幼時鄰里間普遍做代工的經驗。台灣經濟起飛的七〇年代，省主席謝東閔推動「家庭即工廠」政策，既解決加工區人力不足的問題，也帶動家庭代工以降低勞動成本，擴大外銷。當時的都市邊緣，農村或眷村裡，家家戶戶都堆滿了毛衣、塑膠燈飾、耶誕飾品，婦女們聚到某人家中一起趕工，邊聊天邊看顧幼兒邊手不停工，賺取微薄的代工費用；又或者，學齡孩童回家晚餐後，就等著昏黃的燈光全家人奮力投入生產，不時聽到哪家的媽媽又叫罵那個老失神掉針的青少女，而屋外街燈下有個書包拉得老長的男孩徘徊不去……。那是我這一代的人難以忘懷的集體記憶。

在家中開設工廠的阿清，丈夫文遠在台灣因工時過長而暴斃，她必須一肩扛起家計。穿越工廠開門為家，顧玉玲琢磨阿清的生活，同時召喚兒時台灣，使得相類場景在不同時空中相映。餘留下的人必

須面對文遠永遠的缺席，阿清的女兒不時對手機咕噥，如父親依舊在彼端；二樓最好的房間擺放公公與文遠的牌位，日日奉上清水與新香。顧玉玲情感節制細細訴說，那些被迫改變的人生計畫，無法回來團聚的人們，等待的人如何在種種無奈現實逼迫下，繼續往前。

除了回不來的人，還有回來的人。台灣經驗，可能傷及肉身，亦可能從此人生態度。譬如在台灣因職災斷手的阿海，幸而因台灣職災勞工保護法實施，讓阿海得以按月領生活津貼，成為他返鄉讀書的物質條件。歷劫後的阿海對人生的思考有不同的想法：「阿海在異地受傷，助人自助長出新的力量，社會參與帶來思考與行動的改變。他說，人生似乎除了賺錢還可以再多做些什麼，不只是往上攀爬。」對於阿海這般年輕人的未來圖象，顧玉玲顯然並不樂觀，以阿海載著她離開戰爭博物館時，遇見下班人潮湧出的場景為結：

回程時正值下班人潮，處處塞車，煙塵瀰漫。城市郊區的農田被徵收，林木被砍伐，新的高架道路與住商鋼骨建築在荒原中泥水遍野。省市交界的產業道路上，巨型看板特別多，有新興的商業廣告，但更多的是國家政績宣導：士農工商軍警婦幼快樂並肩，共同仰望未來，背景若不是電腦手機、科技工業，就是金融大廈、繁華商圈，不時還有微笑的胡志明俯視全局。這是個新興的、上升的、快速建設與經濟轉型的國家。我與阿海灰頭土臉在飛速的車流中，險路求生，不發一語。

顧玉玲透過阿海一角，反襯國家經濟轉型的迅速，卻罔顧底層人民。灰頭土臉的人們只得「險路求生」，她善於透過描摹眼前真實場景，隱喻年輕人不受保障的未來。但即是險路，還是要走；即使灰頭土臉，依然前行。

透過移動與反省，顧玉玲不僅盡力理解對方原鄉歷史文化，亦從女性的關懷著眼，不吝批判其中不對等的性別結構，如何緊箍女性的命運。她特別提及一名「壞女人」黃秋河的故事，這些移動到他國的女人一肩挑起家計，還得承擔流言蜚語。對於人人避之唯恐不及的「壞女人」，顧玉玲寫及秋河騎車在村子裡來去的身影：「壞女人黃秋河，穿著紅風衣騎最新款的機車，打扮得豔光四射，在村子裡縱橫來去，不離婚不控訴，不迴避不妥協。每個人都看見她了。」黃秋河高調度日，姿態

昂揚挺拔，直面所處的父權社會。

好強的阮金燕是另一種女性樣貌，她在離婚後決定到台灣闖蕩，被分配到台灣鄉下一位年輕力壯的阿嬤手下工作，大量工作，沒有休假，只好逃跑。後被遣送回越南，投入社會運動，對於物質欲望降至最低，顧玉玲詳細描述金燕家的場景：

> 這個家亂中有序，不致脫軌蔓蔓，但也處處帶著某種草率的延宕：床壞了還能睡也就不修，四年前那鬆落的床板四年後還是搖搖欲墜；浴室的熱水器壞了一年多，又回到初搬入時必須依靠瓦斯爐先煮熱水再混入浴盆，金燕原本說要在阿森搬進來時修妥，三個月過去了就等天冷了再修吧。世界這樣大，事情這樣多，生活上過得去也行了，唯有機車是征戰必需，兒童座椅、前置菜籃都是基本配備，街頭風雨無阻。

從「亂中又序」的家，描寫到征戰必需的機車，筆下的金燕儼然俠女般。顧玉玲以金燕的話「人活著又不是只有活下去」為篇名，篇末如此寫著：「亂世紛擾，低壓逆行，有人追求功成名就，有人尋找安身立命，有人但求活命。有人，急於突圍。」此章名為「完整的人」，什麼樣的人是完整的人？顧玉玲給出她自接觸左翼啟蒙以來，反覆確認的人生價值與中心命題。突圍，再突圍，也許就能為他人、為自己，創造出更美好的明天。

印度後殖民女性主義者Nira Yuval-Davis提出身處不同民族的婦女團結對話的可能：「每名參與婦女都扎根於自己的集體和身分中，為能夠與來自別的集體、具有別的身分的婦女進行交流，就得努力使自己『移動』，『移動』的過程不應涉及解除自己的中心，且『移動』的過程也不應該同化『他者』。」從《我們》到《回家》，顧玉玲一次又一次移動自身腳步，探索關於移動的故事。她以一個個異質的「人」的故事，重新拆解、打開「移工」的集合概念。面對龐大的資本主義網絡，她是悲觀的，卻又總在最後帶著一絲希望，如阿海的故事最後一幕險路橫生的鏡頭，儘管危險四伏，但仍要走。因為唯有前行，生命才有幸福的可能。

【張郅忻，自由作家】

「裸命」的新歸去來辭

劉大先

如果要給我們這個所謂全球化的時代找一個文化模式的關鍵字，我想一定是流動與遷移。任何一種原生的固有文明傳統，無論是曾經的東亞的鄉土農耕還是中亞的草原游牧，乃至南太平洋與中非部落民的漁獵或者吉普賽、薩岡流浪者與西歐的商人，在當下的語境中都面臨著根本性的遷徙。這種遷徙已經明顯區別於工業革命與大航海時代之前的本能、零星與自然狀態，而成為一種普遍的統攝性社會語法，無論願意還是不願意、自覺還是不自覺，所有人幾乎都主動或被動地參與到這種流動的全球性當中。他們離開故園與重歸鄉土，或者再次離開，譜寫著一曲新的歸去來辭。

這種流動最直觀的表現自然體現在人口的移民、身體的移動當中，少數的跨國菁英和絕大多數面目模糊的大眾在支配與被支配的雙重層面共同營造了跨越民族國家邊界、穿透身分與階級的桎梏、填平高雅與低俗的鴻溝的實踐景觀，其背後提供動力的是資本與商品的蔓延和科學技術帶來的資訊傳播。在它們的合力之下，人與物質的遷移行為進而滲透到政治模式、思想觀念、消費意識和審美品位之中，形成了雜糅與混搭、交融與抵抗、同質化與鄉愁式的多元想像的文化格局。

顧玉玲的《回家》是記錄這種文化格局中一個生動案例的作品。與她之前的《我們：移動與勞動的生命記事》相似，這是一部非虛構的報導式文學，只不過前者的主角是台灣的菲律賓移民勞工，《回家》則聚焦於從台灣返鄉的越南移民勞工。作為一個社會工作者，顧玉玲來往台灣與越南之間，集中走訪北越的北寧、廣寧、太原、河南、河內、下龍灣等市鎮縣鄉，也涉及南越的芽莊，以親歷的一個個具體勞工生命故事為單元，有機地將社會觀察者的宏觀視野與深度洞察、細膩的女性體驗和共情理解、以及細緻入微的人類學民族志般的深描有機結合在一起，從而形成了文質兼美又富含啟發的文本。它更有意義的地方在於，不僅僅是一個具有認識與娛樂功能的文本，而且帶有教育意味和實踐意義，有著明確的宣導性旨歸，從而擺脫了「文學」的狹隘格局，還成為一種可資借鑑與參考的社會學文本。

北寧農村的巷弄讓作者想起台灣眷

村的無盡蜿蜒:「長巷深處,轉入村子的主要道路,沿途不時可見新屋興建,砂石、混凝土、紅磚塊、長木條、板模與綁鐵,還有花布蒙面戴斗笠的工人勞作。老舊的黑瓦農舍間,參差豎立起改建或新修的樓房,三、四層樓高的外牆普遍覆以粉黃、粉藍、粉紅、粉綠的水泥漆,頗有幾分童話趣味。」2015年我從廣西東興到越南的芒街市沿途做田野調查的時候,所看到的兩國風景樣貌何嘗不是非常的相似,北侖河兩岸一衣帶水,中越底層鄉民共處在相似的自然與社會環境之中。

越南近現代以來屢遭殖民侵略,先後與法、中、美開戰,但「昨日之戰,已是永不復返的歷史。現在,年輕的越南勞工到全世界打工,飽受奴役。資本與生產全球化的戰爭,不聞硝煙,不見血腥,但傷亡無數,看不到盡頭。」全球的社會結構都變了,在河內這個處處可見西方觀光客的城市,戰爭、革命、英雄、監獄這些過去時代的遺物,已經成為最大的觀光賣點。從1986年開始,越南進行改革開放,經濟體制逐漸從共產轉向了資本,革命者也日益蛻化為統治者,金錢與權力結

合衍生出權貴資本和官僚腐敗,其竊敗的速度與市場化的速度不相上下。「政府實行『新合約制度』,採用土地承包責任制,鼓勵農民開墾自有土地,促進稻米產量,在1989年就實現了越南糧食自給自足。然而,伴隨著市場經濟而來的,是緊縮的社會保障,及追趕不及的物價上漲。農村的副業愈發蓬勃,人人都搶搭私有化列車掉下來的周邊殘渣,因為車上的位置早就被城裡的人占滿了。農村的窮,一天比一天明顯。愈來愈多的農村父母,辛苦勞累兼副業只盼將孩子送進都市、脫離農村,在陌生變異的新社會裡,尋找他們無從想像的發展活路。」2000年至2008年前,越南經濟飛速發展,年增長率僅次於中國,被譽為亞洲經濟「新小虎」,但在GDP的暗面是日益過時而衰落的農村經濟與共同體。

這些北越勞工就是在越南經濟騰飛的21世紀初流向台灣家政、看護和一些製造性夕陽產業的。「越南經改以來『優城市、弱農村』的二元政策,導致農村人口大量向城市流動。生活必需品貴了,肥料貴了,看病貴了,但農產品不值錢;工

資要便宜，糧價不能高，米賤傷農，農村沒有出路是國家政策的必然結果。這個經驗，台灣一點也不陌生。」這一切，在後發國家和地區都不陌生。整個農村的貧困結構是新自由主義經濟在全球範圍內擴展的結果，農民要想翻身，不得不離開。大陸的勞工也是從上個世紀90年代形成內外部流動的浪潮，新世紀以來尤其在經濟迅猛增長的背景下，向北美、亞洲鄰國、非洲、拉丁美洲遷移。「追求更好的生活，驅動人們奮力向前，但個別條件的差異、整體結構的侷限，總擋在前途難以翻越。資源有限的人，向遠方啟程時，總不免顧此失彼，無能穩贏不輸。遷移，未必帶來向上流動的機會，可能只是擋住一時不再往下掉。未來不可知，明天一直來。」他們是些裘蒂絲‧巴特勒（Judith Butler）所謂的「脆弱不安的生命」，「遷移，尋找更好的出路，是機會，也是冒險。」這是一種求生原欲式的移動，別無他途。這些移民勞工被迫進入到跨國資本體系之中，其公民權利與傳統的國民身分脫鉤，重新按照市場導向的個人競爭力進行再分配，很快陷入到精緻的治理技術

和威權統治之中，在聘用、工作壓榨、逃亡中，權利無法得到保障，淪落為一個阿甘本（Giorgio Agamben）所說的喪失一切權利的生理意義上的「裸命」。他們一方面被吸納進自由市場制度之中，另一方面又被排斥在基本生命的權利之外。雖然「這些飄揚過海的行動者，大多盤算過利害，不是無目的的遷移，也不是被國際局勢推拉的無自主意識的可憐蟲，陷他們於弱勢的，是壓迫結構所構成的不利處境。在重重擠壓中，遷移者即行動者，他們改變環境的勇氣十足，但客觀籌碼何其有限，賭輸者眾。輸了還是要前進，停滯只能沉淪，踩不到底。」這是沒有回頭路的旅程，家是再也回不去了，無論是物理空間意義上的，還是精神家園意義上的。

那些勞工回家，家園卻已不再。顧玉玲尤其有著性別自覺，她注目的女工，在海外可能遭受性侵、壓榨、無故被扣減遲發工資，回到家後往往面臨的是家庭破碎、丈夫出軌、子女親情失落。熟人共同體在流動中趨於瓦解，最切身的是倫理格局和情感模式的變遷。知慕少艾的青年因為自知經濟條件不夠而壓抑戀情，世俗化

了的女人在感情中步步為營的算計，流落異鄉同病相憐的男女暗生情愫，最終也只能無疾而終。情感在移動中發生變革，倒未必是被金權異化，而是對於這些人來說，情感過於奢侈——它原本在艱難人生中也不過是一個組成部分，而不是全部，更因為生活的重壓而空間被壓縮到最小。作為社會單元的家庭也有著全面變形的跡象，回到國內賣彩票的梁雲，在台灣時曾經與來自屏東的泥水工阿義做了一段搭夥夫妻，兒子要結婚時回來，發現老公與女友同居。但她也沒有選擇離婚去找阿義，儘管對方有承諾。因為撫養與親情與現實需求怎麼處理都理不清，索性擱置下來，維持現狀。「家庭從來就不是一個完整的概念，內在既是支離破碎，也是糾結網羅，看似湊合度日，也不是沒有經濟盤算。」在這種委曲求全中，未嘗不是在冰冷現實中一種堅韌的守護。

最為冷峻的是，消費主義觀念由遠方被帶回家鄉。成功與失敗的標準被改變了，或者說單一化了——唯有經濟上獲得富足，具體體現為蓋了華屋美宅，過上像歐美中產階級式的生活才是「成功」的，

這給人心帶來的腐蝕性影響無以計量。事實上，這是一種隱形的殖民，不再像早期血與火的骯髒暴力，而是帶著美好生活指標的誘惑，讓人主動地投身其中的新殖民主義。只是這個世界卻不是操控在大眾的手中，他們不得不遵循資本制度的遊戲規則。他們也在掙扎，這是這種掙扎如果沒有在社會的結構性層面有所變革，那麼最終也是不可期的——也許有些極特殊的幸運兒可以「成功」，而絕大多數終將落入難以翻身的境地。就像作者在阿海讀專科的那個郊區大學看到那極具象徵意味的一幕：「操場極小而窄，有人在冬日籃球場孤單地投籃。擦邊球，彈出；再擦邊球，又彈出，再一次，滾出界外了……」原本健壯帥氣、生氣勃勃的文南在上班途中被賓士的卡車撞傷，從此只能行走歪斜，但是家人卻無力打理職業災難官司，在越南駐台辦事處人員的見證下，全權委託台灣仲介公司處理民事賠償，匆匆回國安頓，五年後官司打贏，數十萬的賠償金竟全部被仲介拿走，也無力聲討回來。

那些關心勞工問題的國際組織工作的人員，用一種知識分子式的工作模式關

注勞工問題，其實是隔靴搔癢，與真正的需求脫節，比如出生城市中產家庭的安娜曾在美國進修，她就無法理解人口販運的根本問題不在人販子個體，而是社會制度本身剝奪了原有的公共性，將人民放逐到資本主義的競技場中弱肉強食的結果。她做這個工作只是在給自己的履歷加分，對移工並無太大意義，這是很多貌似有社會關懷的學者的通病，而阿絨那樣真正的受害者需要的是直接的服務。甚至有時候以保護為名的制度，捆綁的正是最弱勢的人。當然，有意味的是阿絨通過在國際機構的努力和學習，提升了英語能力之後，自己也轉化成一個全球流動的知識分子式研究者與宣講人，在現實生活中反倒刻意疏離了她那些依然掙扎在底層的姐妹們──她們已經不再屬於一個階級。但阿絨那樣的「成功者」實在是少數，結構性問題決定了失敗是絕大多數人事先已經決定了的命運。在抗爭中，擔憂、害怕、焦慮往往會扼殺任何可能性的苗頭。「窮人的短視從來不是抽象理念，而是具體在洪流來襲時僅能攀附眼前可見的任何一根浮木，撐多久算多久。」「放棄是弱勢工人

的常態，因為代價無以承擔，因為過往挫敗經驗都在打擊信心。於是一退再退，不敢奢想可以共同撐出一點反擊的條件，更何況是短期居留的移工。相對的，我看見社會上的優勢者多半勇於挑戰，努力有成而更努力，積累加乘的自信與行動力，模塑了這個競爭導向的社會所需要的勤奮模樣，因為勤奮付出了，更認為所有成果都是自己努力得來的，當之無愧。優勝劣敗，弱肉強食，一切更是理所當然。」這是殘忍的馬太效應。

這顯然是制度性之惡，而不能歸結為人性的軟弱與劣根。資本及其支援制度，還會造成底層民眾自身的分化，而分化卻掩蓋或轉移為身分和種族的差異。比如2007年年底金融海嘯席捲世界之時，訂單量大幅減少，工人無班可加，台灣工廠開始放無薪假期，原本合約上的最低基本工資保障片面被取消，官方卻默認了這一舉措。而工作量銳減之後，由於移民工人更便宜，所以本地工人的機會相應減少，他們認錯目標，把對老闆的怒氣發洩到更邊緣的移工身上，而媒體報導勞委會的計畫卻是「裁外勞，救本勞」，似乎工

作機會是一增一減可以平衡的，卻轉移了真正的問題是工作總量減少的事實。這是將外來勞工作為替罪羊來掩蓋政府解決失業危機的無能，推波助瀾之下，社會集體氣氛也日益緊繃。這種可悲的事實固然是庸眾的愚昧，卻顯示了另一種與馬克思所期待的全球無產階級聯合的局面截然相反的局面：全球無產階級不僅沒有團結，而且日益分崩離析。資本的流動性，造成隨之流動的勞工們某種形成穩固新階級的可能性極其微弱，個人像原子一樣，在莽莽荒原之中踽踽獨行，無枝可依。

但人民卻畢竟不是毫無主動性的原子，它蘊生的自發力量固然盲目，卻有著遠超想像的可能。阿海在異地受傷，助人與自助的經歷中獲得成長，社會參與帶來思考與行動的改變：人生似乎除了賺錢還可以再多做些什麼，不只是往上攀爬。譚玉雪一度被欺壓、逃跑、戀愛、相親、被收容、判刑、討薪，「沒料到的事永遠擋在前途，未必好轉，也不見得更糟。條件不足的人，總在意外的風沙中打轉、繞

行、找出路，灰頭土臉，苦中作樂，還是要前進」，她在自己的經歷中體悟到「身分再如何卑微、危險，都不能放棄應有的權利」，很有鼓動性。阮金燕也同樣最終明白了這樣的道理。她因為得到社工組織的明認識到組織與團結的力量，回國後成為業餘勞工聯絡的熱心人，而被公安警惕為策反人員。其實，「海外工作的越南勞工開了眼界、長了見識，返鄉後確實可能帶回無可預期的反對力量，有人對越辦的官僚反彈，有人因緣際會參與街頭抗爭帶來行動反思，這些動能會推向進步或保守尚不可知，但開放後說延伸的思想與言論轉變，勢必回頭衝擊原鄉。」在這個過程中，先行者逐漸意識到一個人單幹出了事很容易悄無聲息地犧牲掉，唯有把人們組織起來，靠團體的力量做事才能長久，這是一種自然生成的朦朧的準工聯主義和民主意識。

這種意識讓我們得以窺見一種新的階級意識的誕生可能。馬克思主義式的階級劃分，在跨國資本時代，尤其是在有可

能將勞工、消費與娛樂過程連接在一起的新經濟模式下，已經逐漸失去其時代針對性。階級的分化組合，在當下尤其體現為新工人和新窮人的出現，新工人即是顧玉玲所寫到的這些離鄉勞工，而新窮人則是高科技時代、消費時代的所謂小資產階級和中產階級。與一般時髦的社會學家研究的「橄欖」型結構組成有所不同的是，中產階級在全球範圍內在萎縮，整個社會日益分化為富人和窮人兩大階級。新工人和新窮人都屬於窮人階級，只是在馬克斯‧韋伯式的身分與象徵資本式的階層劃分，弱化甚至遮蔽了經濟上極端分化的現實。新窮人往往容易產生一種階級判斷錯覺，以他們引以為豪的象徵資本區別於新工人，其實是階級意識的盲視。就像顧玉玲寫到的為數不多的返鄉創業有成的勞工，似乎已經在階級梯隊上上升了，但其實仍然身處於無所不在的資本統治制度之中。這是一種任何有良知和判斷力的知識分子都無法閉目塞聽和罔顧左右的全球現實。

面對這種現實，宣導新工人與新窮人的聯合可能是打造新的階級自覺，聯合起來改變現狀的出路。就像顧玉玲寫道的洶洶之勢「看到水淹上來了，每個人莫不是忙於墊高自身位階免遭滅頂，隨人顧性命。但若終究得面對這水將滿溢淹沒眾人家園，只有百分之一的人獨占保命的高嶺呢？貧富兩極分化已然代代世襲，個別人的努力攀爬無法讓下一代免遭集體崩壞，眼前拼死墊多墊少的微弱地基也不敵洪流衝擊……也許我們終將看見彼此，側身相互牽引拉拔，穿越地域與種族的邊界，形成有力的橫向集結，改變水流的引道，尋求集體的出水口罷。」「裸命」只有這樣，才能自我謀求權利和權力，才不至於被大洪水沖為碎沫浮沙。人民、社會與國家的關係也許只有在底層大眾的團結友愛中，才有可能重新布局。亂世紛擾，低壓逆行，有人追求功成名就，有人尋找安身立命，有人但求苟延殘喘。也有人思謀著突圍。回家的人或者重新離開，謀求別樣的可能，但終歸要回來建設新的家園。

【劉大先，中國社科院副研究員】

介入的「外人」
張耀升《告別的年代：再見！左營眷村！》

侯如綺

解碼出版、高雄市政府文化局

1949年國民政府撤退來台，隨同政府的大批官員、軍人、眷屬，浩浩蕩蕩的自中國退守到這曾長期被日本統治的島嶼。因為和原居住民（本省人）有別，因此他們被冠上「外省人」的稱號。這原是區分你／我的說法，但日久他鄉即故鄉，數十年過去了，此一說法成為台灣內部區分族群類別的一種習慣性稱呼，也已經不具當初所有的判別意義。

台灣原本人口約六百多萬，土地僅約有三萬五千平方公里，這批來台人士的人數雖然說法不一，但經人口學家估計，莫約是一百二十萬人之譜。這樣龐大的人口進入台灣，首先所要面對的就是居住問題。由於當時的房舍有限，現有的廟宇、學校、工廠、倉庫、防空洞、日人遺留的居所等等空間，都成為這批離散者的居住之地，又或者是另行搭棚，因陋就簡，只求遮蔽，居住情況相當克難。長期下來，無法勉強的去解決居住問題，自然要有更

進一步的規劃。所以國民政府自50年代便針對軍眷及其眷屬開始建設軍眷、興建眷村，至1967年為止，平房式眷宅已共興建十期，分布台灣各縣市，總計共三萬八千一百棟，這便是台灣眷區的由來。

眷村的居民都是大陸來台軍人及其眷屬，他們依照軍種、兵種和階級被安置在眷區。由於這特殊的歷史聚合，因此也生產出獨特的文化。眷村的人們來自於中國的各個省分，五湖四海，各有不同的故鄉與地方文化，本不是一個群體，但是戰爭的推進，使他們因緣際會的聚攏在一起。由於相近的意識形態、相同的職業身分，甚至彼此之間就是同事，相對本省人具有高度的一致性。加上離散來台的相同際遇和歷史經驗，使他們成為同舟共濟的群體，擁有共同的生活圈、生活形態以及獨特的感覺結構；而如此亦使得他們不被「圈圈外」的人所體會，和一般「老百姓」有一定程度的隔膜。

眷村的特殊性在台灣的文化場域已經被談得很多。70年代中期，先有朱天心〈長干行〉與孫瑋芒的短篇小說〈斫〉書寫眷村，爾後便方興未艾，80到90年代，眷村文學的書寫浪潮達到高峰。與此同時，也有許多非文壇作家的眷村人，共同書寫散文以記眷村點滴。電影、舞台劇亦搬演眷村與其相關的故事，如《小畢的故事》、《老莫的第二個春天》、《牯嶺街少年殺人事件》、《黑暗之光》、《我妹妹》等。

直至2000年之後，各地方政府重視歷史資產的保存，出現許多口述歷史、田野調查、回憶錄、照片、雜文等等，眷村故事開始在電視媒體上搬演，如紀錄片、單元劇，到中視《光陰的故事》成為暢銷連續劇，之後引起一連串的效應，例如舞台劇《寶島一村》的演出、《光陰的故事》續集、眷村菜的流行等等，眷村以「懷舊」、「通俗」的姿態再度被廣泛認識與接受，成功投合觀眾脾胃，獲致良好的票房。

從嚴肅文學的領域來說，眷村小說的創作動機不無焦慮，此焦慮一方面來自於眷村的改建，勢必毀壞原有的生存形態、二是來自於眷村子弟的成長和必然的遠離、三是來自於族群記憶消失的恐懼，其中更不乏對於本土派成為主流，造成文化排擠效應的戒心。文學領域中眷村作品的大量出現，比後來通俗性的電視電影作品出現來得早上許多，經過通俗戲劇的傳播，眷村相對於以往已經沒有那麼的陌生與神祕。所以，2011年當張耀升以報導文學的方式來書寫眷村，那麼該用何種和

以往有別的形式來寫作眷村？這其中又包含何種期盼和文化能量呢？

本書以左營海軍眷村為主體，其中十個眷村人的故事，也是本書最觸動人心之處。眷村女兒徐譽庭溫暖善良的母親、趙廣文勇敢邁向偏鄉綠島的付出奉獻、憑著眷村人相互幫助而成長的獨居兒童張力、李靜君苛刻但又疼愛女兒的父親、因保家衛國而忘記家的模樣的軍人徐忠國、失聰仍努力不懈而成為人生導師的作家吉廣輿、在保守封閉的社會裡跳上世界舞台的舞蹈家吳義芳等等，他們的故事或是關於家庭糾葛、或是在顛簸中尋覓方向的奮鬥人生、或是堅持不懈終究成功的勵志故事、或是群體間的友愛扶持……，這十個眷村故事間並不相連，每一個故事都是深情的人生速寫。眷村是人生的重要場所，是故事的起點，也是深深影響生命的前進力量。本書整體以正面態度來看待眷村，所採訪的人物都是用正面角度陳述眷村對於他們的意義。

張耀升的小說《縫》與《彼岸的女人》風格冷峻魔幻、詭譎黑暗，全然不是《告別的年代》中樸實的寫真筆調。在《告別的年代》中他收起小說家張耀升的樣貌，而讓所採訪的人物說他們自己的故事。但這並不代表張耀升在寫作上不具備

鮮明的意識，張耀升在序中自道，由於執行清境農場的墾荒老兵口述歷史的過程中，他發現我們對於族群的刻版印象常影響我們對於他人的深刻理解。尤其並非是每個人都有溝通以及書寫的能力或位置，像是弱勢者、或者無法用他人能理解的方式溝通等，都會造成無法溝通的誤會。每個個體都是不同的生命、有著獨立的個性，因此他選擇用「故事」的方式，讓非眷村人來理解眷村人。張耀升不是高雄人、亦非眷村人，他清楚的將自己站在「外人」的立場：「我們需要故事，而且最好是由不同族群的人來寫對方的故事」，「因為這些故事不只是給與我們同樣的人看，更重要的是，給與我們不同的人看。」（頁23）他預設的讀者是和他一樣的，所以他將自序命名為「給與我一樣的外人」，表示他把自己定位在一個溝通者的位置，而這也形成他寫作本書的一種角度和方式。

因為本書站在一個溝通的位置上，也因此書中會出現「對話」或是「提醒」的語言，以引導有刻板印象的讀者重新思考對外省人或眷村人的認識。另一方面，對於選舉而訴諸族群動員的狀況相當警醒，而連帶回溯過往外省人和本省人的相處情況。例如描述眷村居民心繫家鄉，冒

著通匪罪名的危險也要寄信、轉信時，連帶敘述「許多人指責眷村居民老是想著故鄉，而不認同台灣，這樣的說法是狹隘不公的……懷鄉思鄉本是人之常情，更則況是一個失卻的，無法回去的家園。當初非自願的離開，一隔便是五十年，五十年間對於家鄉的感情變化比外人所以為的還要複雜。」（頁70）或是敘述眷村經濟狀況時：「在那個年代，眷村居民的境遇並沒有比較好，除了窮苦普遍存在於台灣各族群，眷村家庭還有不為人知的問題必須面對。」（頁59）；描述張力求學時的狀況時：「小學生眼中並沒有實際的省籍觀念，反而因為在那個年代，人人都少有接觸住家以外的環境的機會，籍貫與自己不同的同學反而給來一種異地的嚮往，使人更想與之親近。」（頁124）、又有受訪者趙廣文說道：「所謂的外省，並不是一個省分，而是五湖四海東南西北各個省分……對於某個族群的刻板印象一旦存留在內心，在對待與來往上便蒙上一層顏色，無法客觀看待。」（頁182）如此表示作者有預設的讀者對象與時空環境——非外省人、並且很可能對於外省人有「不愛台灣」的省籍偏見、把外省人視為無個體意識與歧異的一個整體。尤其是在台灣頻繁的選舉，反覆的動員、操作下，「外省人」身分似成為選舉勝負的籌碼，亦或是不斷被提醒壓迫／被壓迫、族群生死存亡等等的關係，使得族群關係變得緊張，而因此作者不憚於殷殷叮嚀。

當然，如此的預設也有著落入另一種刻版印象的危機；但我認為作者在態度上是善意、正面的，他有更大的期望主宰著此一視角——而此期盼正來自作者對台灣本土的熱愛，奠基點在於台灣內部的愛、包容、了解與和諧的期盼。我們自作者苦心經營的章節安排方式即可看出。

本書的結構雖以左營眷村為核心，但是章節的訂定乃是自「認識左營」開始。接著每一章節都是以與左營眷村關係緊密的學校單位展開：「水手服學校」、「孿生學校」、「前高雄市立一中」、「台灣豫劇團」、「海軍軍官學校」。在每一章中再夾以各海軍眷村敘述，如勵志新村、明德新村、建業新村等等。住在眷村的人們和這幾學校都有密切的連繫，從學校歷史的考察出發，再進入個人的生命歷史，接著又轉進各別眷村的文化敘述，是本書的主要結構。

如此的結構與敘述方法，表示每一個眷村個體是含納在台灣之中；而每一段學校由簡陋破敗，到師生們胼手胝足的建設校園，直至到今日的模樣，也都是台灣

社會變遷的過程。本書第一章先是簡單的由明鄭時期左營開始敘述，才進入左營海軍眷村的說明，到以下幾章也是維持這樣的基調，這與只是懷舊式的用大環境來襯托眷村故事，最後進入眷村敘事主體而忽略大環境很是不同。

海軍眷村的地理位置、屋房構造、建築格局以及和左鄰右舍團結密切的人際關係，形成特殊的文化環境；加上左營海軍眷村之中有八個眷村都在軍區內，住戶之間沒有設置竹籬笆，只有軍區最外圍設有圍牆隔絕一般民眾，入口處設有檢查站，須有軍人身分證、居住證或軍眷證明才能進入（頁36），所以左營眷村除了內部關係緊密外，另一方面之於外界也應有高度的封閉性。然而眷村對外界的隔閡與封閉性卻不為本書所強調，反而本書會著重於左營眷村與左營眷村外的互動以及溝通、影響的層面，聯繫眷村與非眷村間的關係。

即如敘述徐譽庭的母親和原住民媽媽做生意，他們聽不懂彼此的語言，但從笑容中理解對方的意思，徐媽媽用衣服和原住民媽媽換菜，善良的去理解對方的需求，表現了「早年的台灣民間到處都有」的人情味（頁58）。描述家庭破碎的張力讀小學時曾受到本省籍孫老師的照應，孫

老師幫他補習、藉口陪他看電影；到就讀高雄市立二中時，張力則曾帶著同學進入左營眷村，同學們稀奇到像是出國一樣興奮。省籍或身分，從來不會阻礙他們相互幫忙、友愛、交朋友，陌生感與差異反而是一種交友的新鮮感與動力。

除了這樣實際個體間的交往互動之外，書中還有另外一種更深層的溝通和影響，突出在左營眷村此一海軍眷村的精神價值上。正如書中所說：「本書並非以個別的海軍眷村為單位，陳述過往歷史而是以過去各海軍眷村所呈現的不同文化與教育特色為主，探討海軍眷村中的人情故事，希望能從中找到某種海軍眷村的價值。」（頁38）所以第二個眷村故事「流浪到綠島」中的趙廣文，能本著「不斷往外闖蕩」、「具有開放的心胸」的海軍特質，在畢業之後毅然的到偏遠綠島當正式老師，投入偏鄉教育；書中也強調海軍子弟的豪邁和爽朗影響左營高中的校風，使得其他學生就算不是來自左營眷村也深受影響，如第六個眷村故事「在左營甦醒」的吉廣興。他原住在陸軍眷村，到左營中學就讀。早期左營高中多海軍眷村子弟就讀，在軍風影響下，校風豪邁樂觀坦然，使得因失聰而封鎖自我的他改變了個性與人生態度，拋棄自卑、融入群體，日後成

為老師開導無數迷惘困惑的學生。

張耀升在本書把左營眷村放進整個台灣來看，也因此眷村並不是一個自外於台灣本土的異質與封閉空間，它對台灣的文化影響的層面亦是廣泛而深層的。書中的第六、七、八、九個眷村故事，主角已經不是出自左營眷村的身分。像是雲門舞集的頂尖舞者吳義芳，目前為「風之舞形」的舞團團長，青年時即受到左營高中薰陶、培育，日後不僅成就自我，也替台灣的舞蹈文化開疆闢土。而書中提到早期隸屬於海軍陸戰隊，現仍隱藏在左營眷村中的台灣豫劇團，隨著台灣政治社會的發展幾度起落，80年代後已經和在地結合，至90年代後更吸納西方元素，成為根植於台灣的「新豫劇」。張耀升肯定左營眷村本身所產生的正面能量，而此正面的能量展現出獨特的精神價值，它已經成為台灣文化的一部分，並不侷限於左營眷村之中，所以它也不會因為左營眷村拆除而消失。

張耀升以「外人」的視角敘述了眷村人事物的特色，也突出了屬於左營海軍眷村的精神價值，並將之置於台灣社會，闡發出左營眷村此一生活圈之外，交融一體的互動關係。張耀升以多元文化的包容態度，尊重並認同左營眷村精彩深刻的文化，然在結構與內容上又是以「多元一體」的觀點報導書寫深化台灣的文化土壤。也因此在寫及自助新村時，張耀升人文批判的勁道強烈；他批判兩名海青工商學生在自助新村執行圓夢計劃，只是以俗麗、粗糙的外來流行元素妝點眷村吸引觀光客，其「作品」不尊重原眷村居民，也完全失去眷村精神，眷村的「再造」反而傷害了眷村，如何活化眷村此一問題值得深思。因此在本書中我們不只看到一位企圖留存文化記憶的誠懇報導者，也看到一個站在溝通角色、介入現實、具批判意識的作者形象。

從「外人」的位置告別左營眷村，揮一揮手，並非是一種輕鬆的姿態，而是對過去的珍惜、未來的盼望。即使左營海軍眷村即將拆除，但我們對於眷村的理解，不應該將其視為鏟之而後快的威權時代陳跡，或是只停留在一種消費或麻痺式的懷舊，而是深刻的理解並尊重他與我們之間的關係，進而想像並實踐如何活化眷村的各種可能。

【侯如綺，淡江大學中文系助理教授】

大陸讀者理解「眷村的故事」的可能性
以《告別的年代：再見！左營眷村！》為例

方岩

一

時至今日，「眷村」之於大陸讀者而言，依然是個比較陌生的詞彙。即便是隨著影像、書籍的傳播和交流，我們或許觸及皮毛，但是大部分的時候，了解卻仍止於故事本身的悲情，而對於造成「悲情」背後的歷史與政治，都變得不再重要。正如很多年前的台灣電影《海角七號》，讓作為一個大陸讀者的我們津津樂道的是，海峽那邊的台日關係與「愛情」的聯繫，而這種「愛情」背後的歷史和政治也被輕輕放過。

所以，當我們重新談起「眷村」的時候，我們需要稍稍地設定一下前提和補充一些常識：首先，「眷村」不僅是故事發生的場所和區域，而且意味著一段曲折複雜的、綿延至今的兩岸政治和歷史，而這種歷史、政治是參與建構、影響台灣歷史進程的重要因素；其次，我需要時刻提醒自己作為大陸讀者所缺失的基本常識，

哪怕是在兩岸民間交往隔絕，政治、經濟、軍事、文化全面對抗的時代裡，「眷村」的前世和今生，也以一種曖昧的形式，參與大陸的歷史進程。在大陸讀者熟悉的知識範圍內，一些名字或許能有比較輕淺的說服力：宋楚瑜、馬永成、朱立倫、丁守中、郝龍斌等人，是對兩岸關係能夠產生直接影響的政治人物；郭台銘是台灣商界在大陸投資的代表性人物；龍應台、朱天文、朱天心、朱天衣、張大春、張曉風、蘇偉貞、瘂弦、楊牧是著名作家，也是大陸讀者了解台灣文學歷史和現狀的重要媒介；電影導演李安、侯孝賢、楊德昌等人則在影像風格、藝術觀念甚至是政治態度等方面，對大陸知識分子有著深刻影響；鄧麗君、侯德健、蔡琴、李宗盛等人，則與大陸流行文化的構建和變化存在著密切關係。很多大陸讀者都會明白，在過去的幾十年裡，與大陸歷史、政治、經濟、文化發展中，這些人所產生

的標誌性意義和影響，只是很多大陸讀者不清楚的是，這些人幾乎擁有一個共同背景：「眷村」。

所以，與我一樣大陸的讀者或許應該有一種意識：故事固然是了解一段歷史最簡單最樸素的途徑，而說故事人的訴求和故事的成因或許更重要，尤其當我們重新面對「眷村」的時候，畢竟我們面對的是一種與我們自身的過去和現狀密切關聯卻隱而不察的歷史。張耀升的《告別的年代：再見！左營眷村！》（以下簡稱《左營眷村》）正好為我們提供了這樣的機會。

二

「眷村」是現代中國歷史上的最後一次大分裂的結果。受到1940年代最後幾年的國共戰爭的影響，中華民國政府遷往台灣，為了安置了從大陸各省撤軍至台灣的國民黨軍隊及其眷屬，國民政府在台灣各地興建大量的居住社區，這便是「眷村」。眷村的建設和規劃，大致以軍種及其所屬部隊的駐地作為中心，比如「左營眷村」的產生，便是因為駐紮在高雄軍港的海軍及其眷屬，聚居於高雄市一個叫做「左營」地方。僅以高雄市為例，同樣駐紮在高雄的軍隊還有空軍和陸軍。於是，便有了以空軍眷屬為主的「醒村」和「筧橋新村」，和以陸軍眷屬為主的「黃埔新村」等等。在同一個眷村的內部，往往也會因為軍人在同一軍種內的軍銜、職務的差別，而劃分出更小的社區。以左營眷村為例，多為士官，階級低的軍人眷屬，集中居住一個叫「勵志新村」的社區；「明德新村」則在左營地區的海軍眷舍中被定位為「甲」級眷舍，特色顯著，常被成為「將軍村」；「建業新村」住戶以校級軍官為主。此外，還有小部分眷村則居住著美軍駐軍眷屬。

從以上的描述中，可以看出「眷村」並非僅僅是一群被迫背井離鄉之人的

聚集之地，他們畢竟是一群擁有特殊身分的群體。簡單說來，這些軍人及其所支持的政黨和政府均屬於決定台灣未來命運的階層。他們雖然飽受磨難，但是在台灣當代歷史的某個階段，依然掌控著決定台灣歷史命運的政治、經歷、文化各方面的資源，而這也是造成日後省籍與族群矛盾的關鍵原因之一。因此，隨著早年國民黨對台灣的有效治理以及台灣民主化進程的推進，得風氣之先的眷村子弟，也越來越多地投身這種歷史進程，正如前文提到那些人物一樣，他們既是眷村子弟，也曾是影響台灣政治、經濟與文化最深切的「時代之子」之一二。因此，反觀這段歷史進程也就不難理解，何以隨著台灣政治、經濟、文化的常態發展，「眷村」作為一個地理空間，愈發顯示出它在台灣歷史進程中的重要意義，甚至可以說，眷村故事的發生固然是歷史大分裂的結果，也可以是說是台灣當代歷史的新開端。因為，「眷村」在其歷史沿革所形成的某些精神，可以成為大陸讀者管窺台灣想像的「共同體」意識的某些方面的一個窗口。

三

十個左營眷村的故事構成了這本書的主體。在其中一個故事的結尾，張耀升感嘆道：「大部分家庭中的女主人都是所謂的本省人，而他們的下一代，理所當然也是台灣人，這個眷村本身就是一個本省籍與外省族群的融合的狀態，並不存在省籍問題，怎麼他們一走出眷村，省籍問題反倒鋪天蓋地而來？」這段話涉及了一些很有現實意義的話題。

首先，「眷村」的族群構成，其實可以被視為台灣族群構成的一個縮影。當年軍隊撤至台灣時，除了一些高階軍官，大部分軍人都無法將親人帶往台灣，於是婚娶當地人為妻，就成為大多數單身軍人很自然正常的選擇，即便曾在大陸婚娶的

軍人大多最終也只能在當地重組家庭。所以，眷村便形成了外省人、本省人、客家人、原住民等各族群的共存於一個社區的現象。眷村裡各種族群和諧相處、互助共濟度過了台灣重建歷史中最為艱難的歲月。很顯然的，在張耀升看來，這是眷村精神中最為可貴的品質之一，張耀升認為：「那是不同族群間能相互理解的一段共同的歷史與生命經驗」。張耀升不斷講述這些故事，並非只是為了緬懷往日的「歲月靜好」，亦並非只是為因城市改造而即將消逝的眷村留一份歷史記錄，他念茲在茲的，還是這種品質對台灣現實是否具有借鑑意義。

由眷村故事反觀台灣當下，便會發現類似的族群構成，至今已經形成另外一番令人擔憂的景象。例如，至少在大陸讀者的直觀印象中，藍綠之爭是目前影響台灣政治穩定的最重要的因素，歸根到底其實是族群、國族的身分認同問題。這裡充滿了複雜的因素，用張耀升的話：「皆與學界盛行理論的不盡相同甚至抵觸」。所以張耀升最終選擇了一種返璞歸真的方式，拋開生澀的理論概念和繁瑣的歷史敘述，希望用最為樸素、直觀、人性的眷村精神和傳統——便是「人」以及人與人之間的「情」——去化解當下族群間的隔膜和抵牾。誠如作者所言：「我們需要故事，而且最好是由不同族群的人來寫對方的故事，例如本省人寫外省人的故事、客家人寫原住民的故事，因為這些故事不只是寫給與我們同樣的人看，更重要的是，給與我們不同的人看。」我想，文中的「不同的人」應該也包括像我這樣的大陸讀者。只有如此，一切分歧方有化解的可能。

【方岩，江蘇省作家協會《揚子江評論》編輯】

回鄉生活的可能性
劉維茵《小村種樹誌》

諸葛俊元

智園出版

兒時歲月，也許不是那麼美好，往往是多數人心中最深刻的記憶。離家奮鬥多年，偶爾午夜夢迴，不知何故想起國小校園裡的那棵巨大的榕樹，想起放學途中那一望無際的金黃稻浪，鼻頭彷彿傳來若有似無的豬糞、雞屎味，耳中響起遠方小河的流水、鴨叫聲。一幕幕不成段落的影像，在腦海中錯落紛飛，不自覺地在唇邊勾起一絲淺淺的微笑。「好想回家啊！」心中不禁吶喊著。可真找著機會收拾行囊回到家鄉住一段時間，這才猛然驚覺，兒時的回憶真的只剩下回憶。大榕樹砍了，充斥著少年汗味的二層樓教室已改建成冷硬而亮眼的教學大樓；田野填平了，帶著土腥味的微風如今也只能雜帶著

沙塵吹擊著一幢幢的農舍。已然廢棄的豬圈、雞舍掛上了「農地出售」的看板待價而沽；流淌著七彩泡沫的黑色溪流也無力豢養游魚與番鴨。僅剩下的，只有老人騎著電動車穿梭在車水馬龍間，喃喃叨念著孩子下次回鄉的日子，也咒罵著孩子為何不願回鄉陪伴家人。這，大概就是台灣東部長大的孩子不得不面對的現實。

台灣東部：宜蘭、花蓮、台東，由於交通的阻隔，與北部、西部猶如兩個世界般。當西、北部地區正是熱火朝天地創造台灣經濟奇蹟的時候，依然沉靜的東部唯有老人守著祖宗牌位、小孩接受基礎教育，除了負責運轉生活機能的少數人外，青年人多半只能到大都市拚搏。雪山隧道

開通之後，看似將東部納入北部一日生活圈的高速公路已完成三分之一，外地人假日來此享受二日田園風光也蔚為風潮。觀光客的大舉入侵，讓往日以農業為主要經濟活動的三縣朝著發展觀光業的方向邁進。這似乎為東部三縣創造了新的契機，一個能讓七旬老翁不再望兒歸、稚齡小兒不再盼母回的契機。然而，實情真的是如此嗎？劉維茵的《小村種樹誌》透過簡單的筆觸，輕柔地將外地奮鬥多年的花蓮孩子回鄉後所見的一切娓娓道來。

劉維茵為何回鄉？只是因為家中農地已無人種作？出身東部的孩子都知道，我們不習慣大都會的快速節奏，不習慣七、八時才吃晚餐，不習慣視野當中看不到山、看不到海，更不習慣人與人之間的漠然與隔閡。最重要的是，家裡還有年長的親人在等著我們，日出於海上、日落於山中的故里在等著我們。劉爸爸並非真的只是想要劉維茵回花蓮經營民宿，「可以回花蓮，也不用擔心工作問題」才是背後的真實，「經營民宿」不過就是個理由罷了。劉維茵拒絕民宿繼續留在台北，劉爸爸開始四處聽課，就想找一條孩子回家的路。他們找到了，種樹，種出「給動物生養」、「給土地風吹雨潤」、「給『沒有人』」的一片小森林，一片不以人為中心

的另類「民宿」。

回到了家鄉，從此過著幸福美好快樂日子的童話情節沒有出現(否則就不會有這本書了)，眼前的一切其實不是那麼美好。家鄉的沒落、年青人的出走、土地徵收、伐林鋪路、易農地為民宿，既扯裂了現實與兒時回憶，也令回鄉的孩子精神緊繃。曾任職於文化界的劉維茵並沒有拿起筆來對這些醜惡口誅筆伐，一筆帶過的同時，彎下腰拿起農具，種下一棵棵的樹，開始辛勤的鄉居生活，也細細縫補屬於他的回憶、屬於他的加灣(花蓮縣秀林鄉與新城鄉的交界處)。

劉維茵種下的第一棵樹，大概是對小村歷史的追尋。加灣的歷史，與台灣其他鄉村亦相為彷彿，日本人的開發、經營，國民政府的接收、駐防，近年來因國內外大小環境的改變所造成的產業沒落與人口外移，都讓加灣這個小地方飽受摧折。這些歷史的記憶似乎與種樹這件事無甚關聯，然而，人類社會的演進，往往都是自然環境付出代價。開山闢田、伐林修路、開辦糖廠、興建民宿，甚至是當時幾乎定案的七星潭開發，為了提升經濟動能、創造更高的就業率，種種措施是那麼地正當與不容質疑。然而，伴隨著人類以自我利益為唯一目標的經濟開發，原本生

存在這塊土地的花木蟲獸，卻漸漸離人們遠去。人類拋棄大自然的同時，也被大自然拋棄，失去了眾多生靈的陪伴，令人類愈發顯得孤獨。種樹人在種樹的同時，也將這些已然塵封的往事重行檢視，並非只是單純地發思古之幽情，而是追悔人類過往的同時，亦求索人類曾經擁有的一切。

種下的第二棵樹，是對傳統文化的擁抱。加灣的地理位置十分特別，漢人、太魯閣人、阿美族人各自的聚落在此比鄰而居，生活樣貌與風俗習慣便在這小小的區域相互交融，織出一幕幕兒時回憶。很會殺豬的太魯閣人、喝蝸牛湯的阿美族人、呼朋引伴請媽祖的閩南人、大著嗓門帶著濃濃鄉音的外省人，各個族群特有的習性是小小孩子心中最美的那一抹景緻；拔花生、煮野菜、抽甘庶、牽罟捕魚，平淡無奇的生活瑣事，令兒時歲月顯得多采多姿。雖然時過境遷，歷經多年風霜回到了家鄉，回歸先祖曾經的生活方式的同時，往事依然一件件一樁樁地浮現。

種下的第三棵樹，是對親人的念想。在成長的過程中，總會有些親人留下一抹的印記。年少時，覺得理所當然，長大成人後，才發現正是這些印記讓自己的生命產生了價值與意義。劉維茵的阿公留下了半生努力才購得的一公頃多貧瘠農

牧地，這才有了現而今種樹的依憑；阿嬤帶著小維茵參與各種鄉間活動，看似無謂，卻讓小維茵不知不覺中對這塊鄉土有了更深的依戀。大姑姑、二姑姑、山東爺爺、老楊姑丈……一位又一位的親人都在劉維茵心中留下濃厚的色彩，也是他成長過程中最美好的回憶。最重要的，當然是全方面支持種樹行動的劉爸爸。劉維茵畢竟是位受過高等教育、曾在台北工作的現代上班族，也許具有極高的理想性，論起動手能力，恐怕遠不及長年待在花蓮的劉爸爸。劉維茵的每一次奇思妙想，如果沒有劉爸爸的一力支持與親力親為，小小山村重造森林，又能走到那一步呢？在旁人的眼中，劉爸爸對種樹行動的首肯與附和，又怎能說不是身為一位父親對孩子的寵溺呢！

種下的第四棵樹，是生命的重行淬鍊。故事的開始，是劉爸爸提議讓自家孩子返鄉經營民宿，卻在劉維茵單純地認為「建農舍、蓋民宿並不是最好的選擇，也不是回家的路」的前提下，成為了「種林人」。種林人，不就是種樹嘛！也許劉維茵初始之時也是如此想著。然而當真正地成為面朝黃土背朝天的農民時，一千六百棵的樹苗、一千六百次的彎腰，坐在書桌前看書的讀者都不免出現腰痠腿疼的幻

覺，更何況是經歷其境的種樹人。那怕將樹苗栽下後，折磨也並未結束。颱風的鯨吞、病蟲害的蠶食、刈除雜草與施肥、戕損樹苗的救助與補植，件件都令初入行的種樹人疲於奔命。摘採種子、培育樹苗、製作手工香皂，則是已然立命的種樹人在這資本社會底下努力安身的嘗試。肉體的艱辛，卻是心靈的富足。看著森林漸趨繁茂，蟲豸得到供養，蛇獸有所棲息，與其說種樹人的既定目標即將達成，不如說這就是他所尋的「道」，由眾生所圓滿的「道」。

種下的第五棵樹，是探索人與自然共生的可能。劉維茵所選擇的生活模式，不僅與都會生活大不相同，與一般人所熟知的鄉居生活也是差異頗大。現代農業，全靠農機、農藥與化肥。開動農機，生靈死物盡皆讓路，田地當中僅餘刀削斧切的痕跡；灑上農藥，作物無病痛無蟲害，天上地下唯我獨存；布下化肥，作物挺拔苗壯如吹鼓了的氣球，本質如何則是不能說的祕密。所謂的「種作」，已然成為標準化作業流程下的工業生產機制，「作田人」與其說是農人，反倒是更像生產線上的作業員。劉維茵初期也曾利用農機整地、下過化肥育苗，之後卻是拒絕農藥與化肥，即使面對嚴重的蟲害，都只願意想

方設法以其他更自然的方式與蟲蟲們戰鬥。在外人看來，這是受到大量環保教育「荼毒」之下而產生的浪漫情懷，甚至可以合理懷疑這些種樹人其實因為買不起如此大量的化工藥品的不得不然。但對劉維茵而言，如果拋開「人類是天地主宰」這種虛無的自我想像，那麼種樹人與椿象、金龜子、星天牛、介殼蟲等諸種昆蟲又有何不同？不過就是依著各自的需求向森林索要生命資材罷了！樹木既然大度地向人類提供了自己的身軀，那麼人類又何必對這些同為索求者的小蟲子們趕盡殺絕。人類就該回到自身本有的定位，作為整個自然的一員，尊重每個大自然的成員，接受這些「鄰居」的存在，亦享受一同居住這方小森林所得到的樂趣。

五棵大樹，重構了回鄉人劉維茵的鄉居生活，也成就了《小村種樹誌》這本書。書中的種樹人，是那麼地淡然，那麼地悠閒。雖然種樹過程歷經颱風的突襲、乾旱的困擾，偶爾也因不施打農藥、引糞為肥而招致鄉親鄰居的譏諷埋怨。或許種樹人在應對的過程中難免有些狼狽，在這當中卻沒有那種與天地爭鬥的韌性或狠勁，反而看到的是與天地萬物共生、共榮、共享生命美好的姿態。這幅畫面，如何讓人不感到欣羨！

美好鄉居生活的企盼，是每一位曾經享受過那份美好的農村子弟或多或少都有的潛意識。在一個以「人」為本位，只為了奢華生活而肆無忌憚地破壞這個世界的時代，童稚的我們曾經擁有過那份美好，成人的我們又親手摧毀了那份美好。鵰鷹、候鳥、山羌、獼猴、樹蛙、螢火蟲，成了招攬觀光客的噱頭；花海、稻浪、草原、竹林、圳埤、溪流，都需舟車勞頓才能偶爾親近。就連種菜、插秧、烤地瓜、釣魚、撈蝦、捉泥鰍都能成為夏令營的必要活動，甚至是國中、小學的特色課程時，我們這一代人，究竟留下了什麼給孩子？兒時回憶終究只是回憶，當年華漸長，周遭親友日漸老去時，那童蒙時代的美好，只能披上一層清淡而溫暖的昏黃，伴隨著絲絲甜蜜熏風，長存於記憶的深處。劉維茵與家人費盡心血打造出來的鄉居生活，雖說有著重拾兒時回憶的意味，卻也不該簡單視為現代知識分子一時心血來潮的衝動作為。它展現出了一種美好，一種我們應該也必須留給孩子的美好生活。種下一片森林，容受各種動植物，種樹人與自然平和地共存於同一片天地當中；摘採果實種子、收取根莖枝條，滿足種樹人的生活飲食，亦賺取微薄的金錢報償。蛙鳴、蟲唧、鷹唳、雉啼，風捲殘葉、雨打芭蕉，豐富了種樹人的世界，也滌清了種樹人的心靈。

工商業的發達，價值觀的改變，令台灣多數農村子弟皆以出外打拚作為人生的初期目標，彷彿留在原鄉便是不成材的表現。可是，一旦離鄉到了大都市，入耳的喧囂、入眼的繁華，讓農家子們目盲神迷，逐漸深陷其中而不可自拔。原想打出一片天來，日後可以衣錦榮歸，不料到最終卻是在這花花世界成了家、立了業、生了孩子、買了房子。不知不覺中，斬斷了回鄉路，從此成為都市人，列名於某某同鄉會之中，甚而能與一眾國中、高中同學在都市裡的高級餐廳開起同學會，相互交流離鄉後的種種顛沛挫折。留在家鄉的老親，對此或許百般不捨、千種無奈，至多也只是口頭抱怨二句，最終仍是很「識大體」的給予孩子最大的寬容與諒解。這是時代的共象，本無對錯可言。然而，這真的是不得不然的選擇嗎？身為農村子弟的我們，真的只能如此隨波逐流嗎？劉維茵的種樹人生涯，也許正透顯出現代生活的另一種可能。

【諸葛俊元，輔仁大學中文系助理教授】

用種樹來校正自己
劉維茵《小村種樹誌》斷札

黃德海

一

「在台北生活十年，沒有特別病痛，只是小病不斷，長年臉色青黑，冬天更是容易發燒，看遍中、西醫都無法根治。一次，一位特殊體質、靈感力極強的朋友，微笑對我說，『你的土地在叫你，一直在叫你，尤其冬天的時候，特別大聲呼喊你』。她解釋，生病可能是因為缺乏地氣，也可能魂已被叫回花蓮了。回去就沒事了。」（劉維茵：《小村種樹誌》，頁172，以下頁碼均出自此書）。

這次對話後發生的種種，我們並不詳細知道，只看到，這呼喚最終起了作用，劉維茵離開根柢貧乏的現代生活，回到家鄉的一方土地上去種樹，要把繁茂的過去召喚回來，讓自己的身心與土地結緣，重新種下自己的根。於是，有了她七年的種樹時光（現下應該也在繼續），

於是，我們便讀到了手頭的這本《小村種樹誌》。

二

這臨海的一小塊土地，非常貧瘠，勤種而只能薄收，而這土地所牽連的生活世界，曾經非常繁茂——或許，正是因為土地的貧瘠，過往的人世才會如此豐茂——人在貧瘠裡存身，與貧瘠互相妨礙適應，才生成了精緻微妙的樣式。

曾經，這土地上的人們知時知曆，懂得向各方神明祈禱，明白這世界不只是人的貪求和欲望，還有自然的節律和各種各樣的未知，與人共生在一起。那時候，人會翻看農民曆，觀察雲氣和雨腳，確認該等待雨至還是準備澆灌；那時候，「歲時祭祀、社區行事曆、占星術，重重疊疊」（頁50），人需識得天時，明白地

利，還要把種種戒慎禁忌放在心上。「阿公在世時，每日早晚向家門口的樹神公燒香請安，彷彿神明充滿田野間」，因為「祂們不是神話，也不是民間傳說，而是昨天的事，是今天、明天真實存在身邊的事……村人透過人身勞動，深刻體會天地力量，遇到不痛快，除了訴諸人間力量處理，也祈禱神力能扶助。老大人相信身體存在不僅是物理現象，還有一股看不見的力量影響著」（頁115）。

那些自然的歲時節律，那些不可見的神祇和精靈，都跟人生活在一起，在人身上扎下複雜的根系，人的生活，也才豐饒繁茂，盤根錯節到拖得住人的步伐，人不用匆匆忙忙追趕些什麼，以至於敗了自家氣血，壞了世間情懷。

三

藉由無知，借助科技，當然更因人自身的難饜足貪求，世界在看起來的蓬勃表面之下，內裡變得越來越單一，就像那些樹種，會單一到不具備再生能力。「很難想像種子商買賣的種子不具生殖力，是只能生長一次的『雄不撚』種，而不斷更新的移花接木技術，也很難判斷眼前這株植物到底是跟誰配種。」（頁131）全球

70％的農業種子掌握在跨國公司手中，「關於在地自然產品的選擇種類，我們其實比阿公阿嬤時代少很多，種類少，數量也減少」（頁136）。跟思想一樣，如果不能不斷修舊起廢，不斷隨自然和時代的變化更新，而是杜絕競爭，一味統一，並以人工方式大力推廣某些單一的品種，一旦這個品種衰退，或者出現某種普遍的病災，整個植物群體就可能缺乏抵抗力，造成難以控制的大規模危害。

貪念推動著單一，短視引導了殺伐，於是森林日益減少。「日本人在台五十年，砍伐森林一萬九千餘公頃，材積六百八十萬立方公尺；國民政府時代，民國四十六年至七十四年，不到二十年的時間，砍伐森林二十一萬公頃，材積兩千八百五十八萬立方公尺，遠遠超過日治五十年的砍伐量，尤其是破壞力極大的『皆伐』，更造成百年不可回復的傷害。」（頁64）居住在土地上的人們不明白，「為什麼政府可以以國土安全理由，一紙公文要求他們遷離保安林，反手又轉給財團做度假村規劃」（頁67）。是「天翻地覆慨爾慷」的豪情也罷，是「我死後哪管洪水滔天」的顢頇也罷，是並非有意的無知也罷，人已經以此不足百年之身，

做出了諸多百年難以修復的破壞之事來。

不寧唯是，對問題的糾正本身，一不小心，也會加重問題。就像書中舉例所說，晚近興起的綠色思潮，不但沒有真的讓這個世界「綠色」起來，倒是對綠色產品的廣泛需求，進一步摧毀了原本就岌岌可危的自然環境。種樹也如此，「部分造林農戶為了符合（政府——引者）規定，或因為不同地目、管理辦法不同，將原地上的老樹或原生樹一併砍盡，造成砍大樹、種小苗的爭議情形」，造成了廣種「高經濟價值單一樹苗，連帶其他樹種與雜草也一併被消滅的林相危機」（頁30）。「治大國如烹小鮮」，對待樹木，也理應輕拿輕放，小心謹慎，讓它們自己慢慢豐饒起來。沒有什麼東西，經得起反覆折騰，那些單調和荒蕪的土地上，早就寫滿了躁急者的無知和狂悖。

四

森林日益減少，世情日益單薄，人心難免無處安頓。「日本推理小說家、國民天后宮部美幸曾感嘆，現下世界之所以出現一些匪夷所思、殘忍無比的青少年犯罪或霸凌事件，其一原因很可能是森林消失，使得孩子無處可去，只能生活在人工世界裡。沒有樹木為他們淨身，也無法感受到神力世界的存在，骯髒惡劣的動能不斷累積著，直到身體惡力爆炸的那一刻。」沒有森林的日子裡，神明消失，人對自然的節奏不再敏感，「毫無警覺的照明過剩，已讓自然光線中的暗影、魔神仔、獏仔、山貓無處藏身，只剩山老鼠流竄」（頁155），巫魘布滿了世界。

讓人世脫離這巫魘的，不是對抗，因為對抗會加重巫魘，而應該是把力氣轉向，用自己的努力來讓世界減少一點魘氣，比如轉向某塊已經存在的土地，轉向由植物自己決定的生長，轉向種樹——如果沒有在一百年前開始種樹，沒有在二十年前開始種樹，那就從七年前開始，如果七年前還沒有開始，那最好的種樹時間，就是現在。

五

那些種下的樹發芽了，只是還很小很嫩，加之開始時長得慢，長得飛快的雜草會跟它們爭奪營養，「陽光、空氣、水無一不搶，樹苗實在不是對手」（頁52）。於是要除草，只是，也不能除得太乾淨，「因為是海濱旱地，日頭毒辣，有時甚至可利用單邊雜草，幫忙遮擋一下烈

日。有用、無用，其實很難一語論定」
（頁54）。小村的養豬戶，排放汙水的時
候，人人掩鼻，可豬排出的水肥，正是種
樹需要的，於是便不免伸管接水。「儘管
人人抱怨，但樹林之所以能青青鬱鬱生
長，的確是它的貢獻。也因為它的臭名，
臨近土地買賣自動降溫，使得附近地段仍
保持相似二十年前的田野景象。如同雜
草，養豬戶的好壞，也很難一語道盡。」
（頁55）

天無棄物，自然的安排，不是照人
希望的樣子，而是有自己的長養之道。
「草木深長的林子……多採取荒野狀況，
任由禾本植物生長，施肥工作也不再固
定。這時候的樹林，已經涵養很多動物，
蛇、蛙、環頸雉、竹雞、野兔、田鼠、蝴
蝶、蜥蜴、蜜蜂、蟋蟀、蚱蜢、蝸牛、天
牛、熊蟬等等，甚至山上偷跑下來的野
豬，都需要草叢藏身以及繁衍後代，一味
的除草，反而讓整個小生態圈崩潰。」
（頁55）世間萬事，人看起來總是有利有
弊，有無法切開利弊的煩惱。自然不是如
此，它長養的一切，自有其可能的安排，
有些人能夠了解，有些則非人力能知。
《莊子·天下篇》謂「常善救人，而無棄
人」，自然呢，則是常善救物，而無棄

物，那些在人看來互相抵牾的飛潛動植，
可能自有其用處。

當然，人其實無法一味聽任自然，
什麼都不干涉，因為人也是自然的一部
分，其合理的積極作為，本就是題中應有
之意。否則，樹林會被蟲子噬光，那些不
解事的鳥兒，也會鳩占鵲巢，如白尾八
哥，驅趕走麻雀，自己卻在林子裡「多的
不像話，路邊、樹上都是他們聒噪的叫鬧
聲，還會偷吃狗飼料，外來種的強勢讓
人頭痛」（頁77）。如此情景，讓我們遲
疑，究竟該決定人是萬物的尺度，還是確
認萬物是人的尺度呢？缺乏決斷的慈悲
心，是不是也一樣會債事呢？

六

與人一樣，樹木的成長，也有一個
「轉大人」的關口，「樹木生長週期甚
長，幼年也跟著拉長，夭折威脅前三年一
直存在著」（頁93）。度過這最危險的三
年，樹木便完成了「轉大人」的過程，
「之後除非故意劫殺，不然樹木都可以憑
著自己的生命力度過……樹木也有田野
關卡要過，隨境翻轉，成為一棵有年輪
的樹」（頁93）。當然，意外仍然時有發
生，關卡還是時時都在，跟人的成長一

樣，「每棵樹都有自己的生長困境而無法按照計畫生長，缺水枯死是他們的遭遇，努力為他們補水分也是我們的因緣」（頁92）。「每棵樹都很努力的活著，但突來的狀況很殘酷，第一年如此，第七年也一樣，未通過（災難——引者）的關卡前，所有的年歲都是幼稚的」（頁103）。人盡了自己的力，樹也自己努力著，意外仍會出現，誰也無法確保一個萬無一失的未來不是嗎？

「經過種種，陸續有些樹木通過生命關卡，日漸抽長形成林蔭。」（頁92）遺憾接踵而至，這些漸漸長大的樹，開始脫離人的呵護，有了自己的心情脾性，「直到頭頂樹冠遮陰，腳下無路可循時，才恍然，時間真的過去了，樹木確實『轉大人』了」。此時的心情，真的跟為人父母一樣，看著孩子長大為獨立意志的個體，「心情既驕傲又陌生，欣喜『種樹』這一概念終於化成真實存在，也訝異著朝夕相處的動植物，一不注意就畫出結界，把人排出」（頁76）。樹真的長大了，人無法再俯視樹木，無法再在樹林裡自由穿梭。你能分辨出哪些是欣慰，哪些是遺憾嗎？很難很難，沒錯，欣慨交心。

以己養養樹，不若以樹養養樹。慢慢在種樹中摸到樹的脾性，人會多出很多放手的機會，讓樹自己去成長，人也就在這過程中學著耐心起來，「幾經反覆，已從新手的『迅速解決問題』晃渡到『問題終會解決』，恍然『控制』是忘了更高更大力量的村子，也是對我執、我所有錯誤的理解」（頁114）。學會鬆手，人鬆弛一下，跟著樹木的生長節奏走一遭，跟著它們的成長或意外的死亡走一遭，不是很有益的事嗎？

七

從城市的寫字間抽身來到土地上，腦子已經準備好了，身體卻沒有準備好。種樹的時候，「汗水流下莫名鹹眼，張都張不開，頓覺腰實在痠」。這時，「每看一眼邊界樹，都像是世界上最遙遠的距離。後來想到一個辦法，把斗笠壓低，僅用餘光看帽緣外的事物，主要視線定於眼前這一棵。一次一棵樹。想到這裡就好」（頁39）。身體和念頭一起置於處身的當下，也就慢慢度過了最初的不適應期。

跟對身體的調適一樣，人對自己的心靈的調養，也有一個自我校正的過程。從下定種樹的決心，到樹木漸漸長大，寫作者自己，也慢慢從著急，變得從容起

來。起初，她的種樹，是要在大地上蓋民宿，宿的是出離心，讓動物在裡面生養，讓土地風吹雨潤。栽種過程中，也往往看到作者所引的佛家經教，並時有發揮。樹在生長，感嘆也隨之來了，「一般人習慣用中文字『它』指稱植物或者無生命物質，但在種樹人眼裡，每棵都是他跟她，與人平等」（頁92）。結論並非不對，只是得出的速度太快了一點，也太堂皇了一點，少了曲折的過程，也就缺了因種樹而來的具體，很難予人切實的啟發。

世界的節奏不是太快也太急了嗎，那就根據自己的狀況來調適，身心漸漸和緩下來。隨著種樹的深入，那些過於快速的結論，也在書中漸漸減少。究其本，則是人在種樹過程中學會了跟著樹的生長來調整自己，不再急著告訴世界些什麼，也不再急著得出過大結論，以五十年或更長的時間單位來看待這一切，「一時只是一時」沒錯吧。慢慢地，作者可以感受到，「每顆土壤發散不同能量，特別能感受足心呼吸的舒坦。身隨腳到，儘量朗朗分明地走，林中最簡單不過的移位，卻把身體的重心給踏穩了」（頁176）。勞作糾正著身體，身體糾正著心理，慢慢地，種樹就不只是辛苦的工作，而是一件可以調整身心的事，校正著在現代社會走得太遠的自己，讓人伴隨樹的成長，再慢慢長大一次。

八

二十出頭的時候，作者曾有過短暫的森林生活，「日復一日，似乎把人身上的紛亂昏沉吸收掉了。天明與黑夜界限不明，白天勞動甚多，夜裡躺下片刻即眠，不再天馬行空的胡思亂想，慢慢地也就不在意對自己無益、且不能使心平靜的事物。修行，大概就是減少負面心行吧」（頁177）。聽從土地召喚，從事這為期七年（當然會延續下去）的種樹之旅，不妨就看成作者一次新的修行，在這裡，她減少了自己的小病，獲得了更多的心安時刻對吧？

書結尾的地方，是照片，第一年，第二年，第三年，第四年，第五年，第六年，第七年，那些光禿禿田地上的小小樹苗，由稀疏而變得濃密，漸漸顯出鬱鬱的樣子。來，讓我們看著這滿目青翠，回顧劉維茵的種樹之旅，或者，就從現在開始，去種下一棵棵的樹。

【黃德海，現任職於《上海文化》雜誌社】

從普通人裡尋找傳奇
讀黃咏梅的《走甜》

高維宏

人間出版社

〈負一層〉的視角

黃咏梅的《走甜》收錄了十三篇短篇，小說主要以廣州為背景，敘述人物看似瑣碎的日常生活，描寫人物的情緒，遇到的事件以及行動。作者自云是「提著菜籃子撿拾故事的作家」。同時，作者也意識到自身寫作的位置，他提到常遭受的批評：「不要講那些雞毛蒜皮的市井故事，要講社會問題，而不要講你隔壁家老王那些哼哼唧唧的困難……」

這類批評不光是針對作者，或許寫得「不夠大」（包括小說篇幅、主題）的小說家，都容易遭遇這樣的批評。黃咏梅的小說擅寫生活，而生活其實是最不容易理解的事，或者說生活本身就不光只是用來理解的。如果暫時把生活簡化成可以被理解的部分（理性主義者更傾向這部分），以及只能用來感受的部分。小說筆下的人物少了知識分子氣，大多是以感受的方式面對生活。

而理性是現代社會運行的根本。小說中，作者或許有意瓦解理性主義對於生活的掌控，這種嘗試在〈負一層〉中最為顯著。主人公阿甘連自己的上司都無法記住，更遑論認識自身在社會中的位置。知

識分子受過專業的學術訓練，習以為常地以對社會結構的認識視角看待社會與生活，然而作者彷彿告訴我們「暫時忘了它們」吧。小說首篇〈負一層〉夾雜使用第一人稱以及有限第三人稱的敘述，使讀者進入底層主人公阿甘的視角，在這過程中，讀者會感受到自身與阿甘之間意識的衝突，若能「暫時忘了它們」，就能進入阿甘的感覺結構，與她一同感受生活。

阿甘是個總是對生活「慢半拍」的人，傾盡全力地感受生活，但總是在現代社會的複雜規律中「兜了一個大圈，然後回到原點」。她的困境不只是「負一層」、底層的困境，同時也是普遍的現代都市人的困境。托納多雷執導的電影《海上鋼琴師》，描繪主人公從一輩子生活的遊輪下船的那一刻，卻停下腳步說：「阻止了我的腳步的，並不是我所看見的東西，而是我所無法看見的那些東西。你明白麼？我看不見的那些。在那個無限蔓延的城市裡，什麼東西都有，可唯獨沒有盡頭。」

沒有盡頭的城市，意味著人再也無法把握社會的整體性。主人公從中意識到現代社會的弔詭：「即使整體性是無法把握的，但若不試著去把握就難以在現代社會中生存。」整體性是布萊希特與盧卡奇，也是後現代主義與結構主義反覆探討的問題。阿甘無力把握整體性，對於自身的困境想不明白也說不清楚，也無法把握自己在社會中的發聲位置。即使自殺後，他的死因和動機也是由她的母親與酒店的總經理詮釋。她的聲音被淹沒在都市的喧鬧中，趕不上生活，成為被現代社會隱沒的人。而這不僅是阿甘，也是多數市井小民可能面對的困境。

生活與逃離

可能有些評論者認為只寫生活的作家不夠「大氣」，但很少主題像生活這樣可以如此見微知著，從基礎直通上層建築，並被當代國內外作家反覆書寫。路遙的《平凡的世界》、米蘭昆德拉的《生活在他方》、莒哈絲的《平靜的生活》、艾莉絲門羅的《親愛的生活》……《走甜》中的十三篇短篇從〈負一層〉開始，敘寫人在現代都市生活中的「慢半拍」，深陷於生活而想要逃離。〈負一層〉與〈表弟〉以死逃離，〈走甜〉的蘇珊想以一次偷情逃離，〈小姨〉與〈給克莉絲蒂的一支歌〉以參加運動逃離，〈多寶路的風〉

的樂宜逃離家鄉多寶路……

其中不乏生活安穩的白領女性，如曾當公務員的克莉絲蒂，如擔任編輯的蘇珊，但她們為什麼逃離？法國詩人韓波說：「真正的生活總是在他方。」艾莉絲門羅的小說〈逃離〉，女主人公離家前留給父母的信寫著「我需要過一種更為真實的生活」與此遙遙呼應。《走甜》與門羅的小說都反覆出現逃離的主題，人物同樣地想要追求「一種更為真實的生活」，人物也同樣說不清楚什麼是真實的生活。而〈逃離〉中的母親回應給女兒的信寫著：「你都不明白你拋棄掉的是什麼。」

門羅的小說常用空間的移動完成逃離，在《走甜》中則難以如此。〈父親的後視鏡〉中擔任貨運司機的父親，即使開到青藏高原，身後也是拖著名為家庭的「拖拉機」；〈多寶路的風〉的樂宜逃離出去又回到家鄉。在原地生活不盡人意，逃離又看似徒勞無功。這使讀者追問小說中沒有說清楚的部分：什麼是真實的生活，或者問，是什麼遮蔽了真實。

黃咏梅以短篇小說寫生活的遮蔽，或許在流行中長篇小說的今日未必討喜，但這個主題有長久的文學血脈。北大教授戴錦華在談論門羅的小說時曾提到：「她描述的一個小鎮，給我的感覺是19世紀的作家們，尤其像契訶夫。契訶夫的作品中有一種銀灰色的霧，讓你沒有達到窒息，沒有達到絕望，但是它阻隔著你，好像囚困著你。」

這種阻隔感，在19世紀中葉至世紀末的小說隨處可見。20世紀的短篇小說，除了門羅外，沙林傑的《九故事》同樣寫到了生活的囚困，而《走甜》沒有《九故事》的冷峻，以及其結尾中佛教式的超脫。《走甜》中感受到的阻隔不是來自哲學的認識論層次的，而是來自於生活的體感。例如〈小姨〉、〈給克莉絲蒂的一支歌〉、〈證據〉等篇，這幾篇大多是女性想逃離父權社會所安放的女性位置，透過裡面男性的話來說，「女人不結婚就都會變態」，但要是真的結婚，進入家庭呢？

〈文藝女青年楊念真〉中愛情的「虛妄論」與「心心相印論」，讓人聯想到簡奧斯汀的《傲慢與偏見》裡面對於愛情與麵包的辯證。〈證據〉裡面的女演員沈笛，嫁給事業有成比自己大廿一歲的律師大維，大維擁有財富與名氣，以及社會上的話語權。這種結合「合情合理」，令人

想到吳爾芙《達洛威夫人》中的中產階級家庭,今日來看也多受人欽羨。但對於兩人而言那意味什麼呢?大維對沈笛說:「你現在的工作就是當個好太太」。結婚後沈笛的微博粉絲數量激增,但她發的文章卻都被大維刪除,「他是她的後台」。

婚姻中女性失去自主性,成為丈夫的附屬品,這主題是可以上承自19世紀的。從易卜生的《玩偶之家》,契柯夫的《脖子上的安娜》,萊辛的《金色筆記》,或是門羅的《逃離》等等。女性進入家庭後感受到桎梏,而又希望逃離,但在男性主導的社會「出走」,仍會遇到一樣的困境。對此,女性在周遭目光以及對安穩生活的期待中可能妥協,但更多的是面臨兩難。

滋養《走甜》的時代

〈文藝女青年楊念真〉、〈小姨〉與〈給克莉絲蒂的一支歌〉,敘述溫婉如同話家常的娓娓道來,但小說的氛圍營造出濃厚的囚困感。他們在看似有無止盡道路的城市生活,卻找不到出路。小姨與克莉絲蒂的逃離是小說的高潮,他們在旁人不解的情況下參與社會運動,看似突兀,實

則顯現女性與公共場域之間的遙遠距離,在他人眼中女性似乎應該像個居家天使照顧好家庭。

所有的逃離都指向為了追求更美好、更真實的生活,而什麼是真實的生活,成為反覆被追問、被書寫的母題。它是遺失後的懷舊,是未來的烏托邦,是更好的物質生活,是愛情亦或是信仰?作者談論自己的小說時曾提到:「目前所寫的小說裡,基本上都圍繞著一個母題:一種無力挽回的遺失和一種陌生拾到的惶惑。」這種遺失感以及隨後的困惑來自何處?若要回應這問題,必須回到中國的社會主義的歷史與思想脈絡。

《走甜》中的人物,大多是在80年代成長茁壯的世代,此時世界經歷翻天覆地的變化。蘇聯解體,文革結束,80年代末中國開放市場,廣州正是最早開放的地區之一。以美國雷根和英國柴契爾為首的新自由主義主導世界的經濟脈動與價值觀。1980年起,中國的文藝、知識界時常談到「啟蒙」、「人性的復歸」,例如1980年戴厚英的《人啊,人!》。「啟蒙」承自五四(例如金觀濤認為五四是未完成的啟蒙)。「人性的復歸」其實

源自於馬克思的《1844年經濟學哲學手稿》，其中談到生產力的發展使每個人遭受越來越嚴重的異化，人性因此被解構，共產主義則是人向社會人即合乎本性的人的自我的回歸。然而80年代的「人性的復歸」的意義則是對過往歷史的批判。如同電影《再見列寧》中描述社會主義信仰體系的崩解，此時大陸尋根文學興起，愛情取代信仰，被抬到崇高的位置。

從1979年張潔的《愛，是不能忘記的》，1980年戴厚英的《人啊，人！》裡面對愛情的重視，到2007年池莉的《不談愛情》中透露的愛情在現實中的無力。這種轉換與時代、經濟、社會、文化層面的改變是密切相關的。這是除了地方性以外滋養《走甜》人物的時代背景脈絡。裡面的人物大多選擇穩定的生活而非愛情，如〈文藝女青年楊念真〉中楊念真問：「小門，你看來真的很愛你老公喔！」「也說不出來愛不愛，他很敬惜我，我也一樣。」社會主義的理想消逝，愛情的光暈消逝，資本主義使多數人與自身的工作異化。於是《走甜》裡面的人物俗世，如阿甘的母親一生「只琢磨透了燒鵝，卻沒有琢磨透別的」；他們的工作多無關自我認同，愛

情患得患失，也沒有信念與信仰。這可以說是作者說的「一種無力挽回的遺失」，也能說是對當前的價值體系的困惑。

關於生活的書寫

《走甜》不同於寫實，也不同於現代主義的心理描寫。小說中人物的內心活動僅寥寥幾筆，通過人物性格的刻劃、人物之間的對話、情節的推演使讀者窺見人物的內心世界。令人想起果戈里、契柯夫或是張愛玲筆下低微的小人物。有一些契訶夫〈帶閣樓的房子〉那般的樸實與抒情，但不似果戈里的詭譎以及張愛玲的蒼涼。《走甜》的人物多囚困於生活之中，他們半夢半醒，時而流連，時而超脫。與門羅的小說相較，《走甜》的敘述同樣溫柔，而《走甜》時常蹦現具有衝擊性的結尾，以及揪心的痛感。

初次讀《走甜》可能會覺得敘述瑣碎，呈現許多情節鋪陳方面未必需要的細節。然而《走甜》的細節不僅是用做情節的鋪排，更多用於營造氛圍，在小說結尾時產生意在言外的效果。例如〈父親的透視鏡〉結尾是父親避開迎面而來的貨船後，「安詳地仰躺著，閉著眼睛。父親

不需要感知方向，他駛向了遠方，他的腳一用力，運河被他蹬在了身後，再一用力，整個城市都被他蹬在了身後」。或是面對生活是唯心或唯物的困惑，〈文藝女青年楊念真〉結尾寫著「……分不清楚，究竟是一種生理反應還是心理反應使她流淚了」。

現代社會的物質生活，使現代人有相較以往的年輕的容顏與衰老的心靈。生活難以一窺全貌，相比起智力障礙的阿甘，也沒有誰能聰明到真正參透生活。也許所有的疑惑與解答，都蘊含在生活的光影所閃現的各種細節之中，轉瞬即逝，用心感受容易迷惑，即使試圖理解也總是慢生活一步。而《走甜》中的人物還是認真生活，如同〈父親的透視鏡〉的父親泅泳其中，或是〈多寶路的風〉的樂宜仿若幻化成吹響香雲紗的穿堂風。生活除了帶給他們磨耗、衰老、隱沒之外，乏善可陳。於是人物大多像〈開發區〉中的主人公那般「拑著一隻蟹鉗……一點一點地把那裡邊的肉掏了出來，那麼認真地，賣力地，尋找著一些甜頭。」

然而《走甜》也有更多部分是值得再繼續耕耘的，相較於小說中多數流離於現代社會的角色，〈證據〉中的大維是小說中少數「總是知道自己位置」的人。他理性、世故，深知社會運作的規則，總是試圖駕馭、控制生活甚至自己的妻子。大維代表的是今日大陸一部分的中產階級，可說是時常被作為標竿的男性典型。因此無論是書寫女性的囚困感，或是父權社會的運作體系，以及探討在理性中心主義底下被隱沒的事物，都可以透過剖析大維這樣的角色的內心世界，使議題具備更多面向與更豐富的層次。

另一方面，如同《走甜》所營造的充滿世俗氣息的廣州，《走甜》的人物也有許多是短暫的逃離後又回來，他們活在俗世，多缺少理想而務實的生活，要的是「人有我有」的生活。《走甜》描寫的囚困感，大多從女性或市井小民的視角出發，近似「從普通人裡尋找傳奇」的路數。可貴的是作者並不僅是描寫市井小民的知足常樂，並非僅強調俗世的溫暖，也不流於顧影自憐。小說中人物，堅持己見感受多方制肘，安於生活亦悵然若失。正是這樣的矛盾使小說具有更進一步探討的可能性。

【高維宏，北京清華大學中文系博士生】

走進人間煙火的來路與去路
讀黃咏梅《走甜》

楊曉帆

用「走甜」命名整部小說集，是特別黃咏梅的風格，輕盈不滯重，又巧思裡暗藏深意。這個粵語詞彙不僅提示讀者注意黃咏梅小說的嶺南風情，更寓指黃咏梅的創作自覺。對於這則外遇故事的女主角蘇珊來說，「走甜」是人到中年的自我警示，甜膩的滋味會加速身體發福，但不能完全轉化為醇香的苦澀，又使她放縱心裡正逢青春期的少女。情節怎樣發展不是黃咏梅關注的重點，重點是即使慢半拍也不可抗拒的生活本身。比如「中年來了」，蘇珊甚至還沒來得及發展出一段愛情，她和試探她的男人就已經嗅到彼此身上赤裸裸的世俗真相，生活是已經失望和疲憊到只能靠藥油來提神的。於是，「走甜」成了一個用語言干預現實的裝置，它率先選擇了穩妥務實的生活態度，又觸發破壞和脫軌的可能，繼而催促騷動的內心去辨識生活表象背後那些更本質和難以撼動的關鍵。

黃咏梅的創作亦如此，她從不與生活為敵，甚至越來越自覺地從女性視角出發，去體會中年狀態下對時間、人情等事物認識的細微變化。對日常生活的客觀呈現，因而不是消極地與現實和解，也不是對世俗精神合法性的簡單重建，是對生活混沌與不確定性的敞開與對話。

從門羅式「逃離」開始

黃咏梅曾多次談到門羅對自己創作的影響，她把門羅稱為「一個提著菜籃子撿拾故事的作家」，她們都屬於「生活型」而非「鬥士型」的作者。與門羅一樣，黃咏梅也善寫日常情境中女人們的生活：待嫁的大齡剩女、被丈夫呵護的少婦、公司裡的女白領、或是底層生活中的老姑娘。黃咏梅不是高蹈的女權主義者，她筆下的女性形象一方面渴望無論是在夫妻、情人或其他依附關係中找到自己的位置，一方面相比那些幾乎總是活得明明白

白、世故得恰到好處的男人們，又總是更敏感、更豐富、更獨斷、也更叛逆。她們是被黃咏梅稱做「Nice的But女士」，平靜充實的日常生活裡總有些不能被收編的情緒。

門羅的〈逃離〉示範了為這種情緒賦形的敘述結構。主婦卡拉在鄰居西爾維婭的幫助下出走，但真正觸發這次突發事件的是小羊芙羅拉的神祕失蹤，逃離不是預謀已久，它只是一次很快被行動者自行放棄的意外。逃離的意義是使卡拉更堅定地知曉丈夫克拉克在她生命中的位置，並且更清晰地劃定出生活的禁區。黃咏梅無疑是門羅的理想讀者，她也寫「親愛的生活」中那些「逃離」一般的反常衝動，安插一個似乎毫不相干的觸媒，而逃離的終點同樣是歸來。比如〈證據〉裡的那條藍鯊，對於強勢的丈夫來說只是風水，對於全職太太沈笛來說，則是她渴望出逃的潛意識。但與其說藍鯊喚起了沈笛的獨立與反抗，不如說牠只提供了一個藉口，使得這個不能自圓其說的女人能夠再次轉移焦慮。所以結尾即使沈笛決定以自錄的方式證明自己是不是鼾聲如雷，看上去是對丈夫權威的挑戰，也是發生在給丈夫整理行裝之後的。

黃咏梅沒有寫娜拉出走的故事，構成阻力的並不是「娜拉走後怎樣」的問題，如果說一般通俗故事著眼於鋪陳婚姻生活中的權力關係，那麼黃咏梅是寫這個外殼下更真實的女性生活。這些「草暖式的女性」沒有自我，如黃咏梅所說，她們甚至是「很多女權主義者所鄙夷的『附著物』」，只渴望跟著有能力的丈夫過安逸穩定的家庭生活。但即便是草暖，也有她的不安與惶惑。本來口頭禪「是但啦」的草暖，突然要固執地給自己更名為「王陳草暖」，「對名字的執著簡直就到了變態的地步」——而反諷的是，她的自我表達從沒有直接針對她的丈夫。她們自始至終只與自己為敵，自憐、自欺、自覺、自圓其說、自暴自棄等等情緒都只是浮在生活表面的，最後都要由自己來消化。黃咏梅總是能在瑣碎生活中確定震源的位置，小說裡三段似乎缺乏內在邏輯的插曲，逐個刷新著草暖的現實感。先是發現王明白當初相親時能記住自己的名字並非因為好感，而是他天生的好記性；再是在做心理測試上發生衝突後，決定要個孩子，要以行動佐證自己的答案；最後是秘書古安妮懷孕的事，荒誕地取消了男女之間情感糾葛對實際生活的影響力。這些本可以處理得十分戲劇化的場景，在黃咏梅筆下總是蒙著一層薄紗的，連草暖的意識和行動也

是懵懵懂懂。讀者越能辨識出其中的斷裂和危機，越會驚異於草暖們對日常生活的自我修復。看上去草暖的生活最終是回歸到一個「是但啦」的好老婆，但結尾那隻大甲蟲的形象卻暴露出草暖身上已然發生的「變形記」。

黃咏梅沒有用卡夫卡式的冷灰色調寫這種變形。大約十年後再談少作〈草暖〉，黃咏梅有了更多的理解和同情：「我懷念這個叫『草暖』的女人，她一度被我擋在了家門口，被我嘴角那抹輕蔑的冷笑傷害過，實際上，她與我血脈相連。這一點，早就在我的潛意識裡被鑑定過了，只是到今天我才明瞭。」從挑剔、反思、諷刺，退回到傾聽、理解、善意的接納，這也是黃咏梅自己所說在四十歲後親近門羅的收穫。

莊重與卑瑣的「人間喜劇」

與門羅小說中基於西方中產家庭生活與個人主義傳統的孤獨感不同，黃咏梅的小說有著熱鬧的人間煙火氣。這本集子裡最早發表的〈多寶路的風〉，一條線索寫樂宜的情愛波折，更精彩之處，卻是以人寫「城」。寫廣州西關的世俗生活，鬼節在青石板路上打小人，多寶路上的穿堂風、香雲紗，煮薏米煲湯時嘶嘶的聲音，吃下午茶時琳琅滿目的小點。因為有了這些背景，樂宜這個西關小姐才有了「根」。媽子的生存智慧「人有我有」是有點自私市儈的，但對於都市裡不斷在邂逅、調情中漂泊的小女人卻是實實在在的溫暖與寬慰。黃咏梅善於把人物的性格、選擇都情境化，並且以隱喻的方式去暗示命運的軌跡。她的小說裡總會出現一些頗有象徵意味的物品，比如情人鞋子裡一雙繡著鴛鴦的鞋墊，讓樂宜明白自己不過是給情人暫時歇腳的地方，並最終決定嫁給一個以大海為腳的海員。即使是對生活的妥協，也總能講出一點庸常的詩意。

黃咏梅筆下最生氣勃勃的女人們是媽子那樣的，她們是俗人，卻活得凶悍、無所顧忌。黃咏梅寫這類人物時不無諷刺，比如〈勾肩搭背〉裡的樊花，為了生意可以伶牙俐齒、捨情斷念，〈開發區〉裡綽號「開發區」的女人，把男人都看成「一個能往上走還是不能往上走的問題」。但兩篇小說又都有一個隱含的敘述者，〈勾肩搭背〉裡劉嘉誠意欲掩蓋的妒忌、憤怒和失落，反襯出樊花出入市井之間的成熟和瀟灑。〈開發區〉則以同樣是大齡剩女的「我」作為觀察者甚至潛在的競爭者，既帶著私心去貶損又嘆服開發區的頭腦和幹勁兒。「捨得花錢」是開發區

挑選男人的試金石，但這個女人並不貪，在她眼裡，丈夫許同每天去菜市場就是對她的好，穿得漂漂亮亮以免遇到之前被她蹬掉的男人，就是贏。就像「我」不無譏諷地說，「開發區其實真的很賣力氣，她早出晚歸，她的奮鬥口號是——早起的鳥兒有蟲吃」，這個很有「野心」的女人在小說中最後一個造像是吃大閘蟹，「那麼認真地、賣力地，尋找著一些甜頭」。「我」的態度也是黃咏梅從女性視角切入日常生活的態度，從卑瑣中見出強有力的韌性。相比小說中男人們的成功學，黃咏梅寫出了市井裡的女英雄，世故裡有著愚笨和天真。

然而並非所有日常生活都是暖調子，從市井邁入都市，從街巷走進寫字樓和高檔社區，多寶路的風註定在地理和時間意義上都成為一個舊日傳奇。「日常生活寫作」的標籤不能涵括黃咏梅筆下的日常。黃咏梅不刻意去寫容易被階層、身分等屬性劃分的類型人物。比如〈負一層〉裡的阿甘和〈文藝女青年楊念真〉裡的普魯斯特楊，她們或許會被分別歸入當代文學的「底層寫作」與「小資想像」，但這兩個都被冠以異國名字的女性，又有著相似的過濾生活的感覺方式。她們都是生活世界裡的邊緣人，只不過一個是赤裸裸

的為現實所迫，一個是「衣食無憂卻常懷憂傷」。

兩相對比可以見出黃咏梅的態度，前期被批評家稱做「去主體性的」寫作，轉向在抒情和反諷間對人物內心世界的深描。寫阿甘用的是舉重若輕的詩意，就像阿甘居然把被可樂打濕的阿爸的骨灰放到微波爐裡叮一叮，「阿爸很香」的感覺已經先行置換了死亡的冰冷與殘酷。黃咏梅給阿甘的感覺世界不斷分撥那些輕盈美好的事物，張國榮、T恤上的E·T·、蝴蝶，它們構築起阿甘無望生活裡的夢，再把她帶向死亡。這種寫法沒有改變對現實苦難和人情淡薄的批判，但黃咏梅不是以小人物雞蛋碰石頭的激烈對抗來寫殘酷的。有力量的文學實踐應當從再現事實、煽動情緒的新聞終止處開始。她讓阿甘這樣的小人物成為他們故事裡真正的敘述者，在即使承受苦難和孤獨時也保有尊嚴。相比阿甘，黃咏梅寫普魯斯特楊則夾雜了戲仿，用文藝腔寫文藝青年的自怨自艾。楊念真對閨蜜婚事的反應是最世俗的，黃咏梅一筆戳穿了小資生活中的小清新與偽深刻，辭藻華麗的心理反應和赤裸裸的生理反應不過是一丘之貉。因為有普魯斯特楊的惡意在前，結尾張森林攙扶著懷孕的老婆過馬路格外顯出俗世溫暖，但

如果再追問是什麼催動了楊念真的惡意，又不得不承認在結尾莊重的瞬間裡，也有裝聾作啞和自欺欺人。

嵌入時代的個人史

重建日常生活的詩學，是批評界關於七〇後寫作的共識之一，黃咏梅也常常被放進這一脈絡中去解讀。對於一個出生在70年代的女作家來說，這種著眼於日常生活的寫實，使她避免了七〇後女作家初登文壇時過於倚賴個人經驗的身體寫作與情緒表達，但如何清理日常生活的碎片，找到對現實有解釋力的精神結構，又是黃咏梅與七〇後作家群共同面對的問題。黃咏梅將這一代稱做「描紅本的一代」，「中規中矩、有驚無險」。「在我們漸入青春期的階段，適逢中國社會轉型期的到來，這使我們作為一個平凡的個體生命，親眼目睹和親身經歷了中國都市化進程中許多尖銳而又複雜的變化，所以，多少有些無所適從，迷惘。」在黃咏梅的早期創作裡，代際意識只是一種狀態的呈現。這種歷史虛無感，被安頓在對日常生活的回歸中，敘述因而是散文化，反高潮的，用以解釋個人生活的也往往是普遍同質的時代病。但在黃咏梅的近期創作裡，卻難得的出現了一種在具體歷史視野中書

寫個人史的衝動，甚至在形式上出現了紀念碑式的瞬間。

這本小說集裡的〈小姨〉、〈給克利斯蒂的一支歌〉就是這種新探索的代表。小姨和克利斯蒂不僅是黃咏梅以往關照過的邊緣人，她們還是攜帶著過去印跡的異類。大學之後就「頹廢掉了」的小姨70年生、八七級大學生。克利斯蒂已經四十多歲了，永遠是公司等級裡排名末端的沒有檔案的人。德拉克羅瓦的油畫〈自由引導人民〉、切·格瓦拉頭像的CD架，都標記出她們所經歷過、並且尚未走出的歷史。黃咏梅在一般的家庭人倫關係外設置了小說中的代際視角，兩篇小說裡都有一個更年輕的「我」，被別人眼中格格不入的她們感染，哪怕僅僅是一個瞬間也被她們所執著的事物打動。這種敘述視角的設置，以及小說結尾參加遊行示威的小姨和克利斯蒂，都表達出一種強烈的理想主義情緒，直接反擊小說裡隨波逐流的大多數。日常生活的合法性，不能被精緻的利己主義者當做擋箭牌，也不應是迴避歷史總體性意識的藉口。正是在這個意義上，黃咏梅從人間煙火開始的寫作，沒有止步於日常與崇高、世俗與理想、小時代與大時代的二元對立，從而釋放出小人物的個人史中那些不能被時代淹沒的解放性

力量。

這理想主義仍然是建築在失敗感和現實的廢墟之上的。黃咏梅無意去塑造時代英雄，她不簡單崇高化或理想化某種拒絕生活的姿態。就像〈表弟〉裡沉迷於遊戲的少年，僅從個人生活來說，他是怯弱自卑的，最終只能以死逃避現實中的恥辱。可是作為時代的註腳，他又以死亡終結了這套遊戲規則的有效性。「這是個由無數對互為反義詞的片語構成的無數次賭局：勝利和失敗、強和弱、笑和哭、貧窮與富裕、光榮和恥辱、忍耐和爆發、對和錯、開始和結束……表弟說——我不跟你玩了！」這才是小人物在這個時代裡的慷慨悲歌。

有評論家說黃咏梅走的是張愛玲「從普通人裡尋找傳奇」的路子，黃咏梅自己也說過，張愛玲那種蒼涼、悲傷的寫作基調、作品所透露出的不動聲色的殘酷深深吸引了她。但如果借用張愛玲〈自己的文章〉中那句著名的二分法，黃咏梅並不僅僅滿足於日常生活敘事中那些「人生

安穩的底子」。她的小說裡的確有冷峻的生存現實和小人物的宿命感，可中年寫作意識的成熟，又通向一種多聲部打開世界的可能。於是，我們讀到了〈父親的後視鏡〉裡「人生飛揚的一面」。小說裡依舊有黃咏梅式最具魅力的日常生活細節，她用平實幽默的語調，絮叨出父親的一生。這個出生於1949年的共和國的同齡人，在他當老司機的光輝歲月裡，既有作為丈夫、父親的不稱職，也有他的驕傲。到了新世紀，卻因為沒能識破趙女士的情感騙局，被宣判與時代脫節。這是一段無法抗拒衰老的個人史，後視鏡是父親面對時代的無奈隱喻。但也正是在父親的倒行裡，這個滑稽可笑的老頭兒，最終不需要感知方向也駛向了遠方。小說結尾有著向死而生的力道，在相伴他一生的運河裡游泳，父親的腳「一用力，整個城市都被他蹬在了身後」。

後視鏡式的寫作或許也能為作家提供相似的有效性，與時代同步卻不被時代裹挾，背靠未來，回望過去。

【楊曉帆，任職於華中師範大學文學院
現當代文學教研室】

在虛無時代中尋找故事
王威廉《北京一夜》寫作中的意義

陳雀倩

人間出版社

王威廉，1982年出生於青海海晏，為「八〇後」文學代表作家之一。中山大學文學博士，中國作家協會會員，現任職於廣東省作家協會。曾獲第二屆「西湖・中國新銳文學獎」提名獎（2009）、首屆「作品・龍崗杯文學獎」（2012）、首屆「紫金・人民文學之星」文學獎（2013）、首屆《文學港》雜誌年度大獎（2013）、第二屆廣東省散文獎（2013）、第二屆《廣州文藝》都市小說雙年獎（2014）、第十二屆華語文學傳媒大獎提名（2014）、十月文學獎（2015）等多項知名文學獎的注目和肯定。已出版長篇小說《獲救者》（河南文藝出版社，2013），中篇小說集《內臉》（太白文藝出版社，2014）。並曾在《收穫》、《花城》、《作家》、《大家》、《中國作家》、《山花》、《散文》、《讀書》、《書城》等知名期刊發表大量小說、散文與評論。作品亦曾被《小說月

報》、《中篇小說選刊》、《北京文學・中篇小說月報》等刊轉載；並入選《華語新實力作家作品十年選》、「華語文學突圍文叢」、《中國先鋒小說選》等重要選本，以及2007年至今的多種小說、散文年度選本。

自2007年迄今創作長達九年，表現可圈可點，精彩奪目。著名文學評論家謝有順評論王威廉「作為迅速崛起的青年作家，他的寫作深刻而凝重，以超越同代人的思辨性拓寬了小說這種文體的可能性」。批評家李德南且提出：「他的文學才情與思辨能力，寫作上的所來之路與個人風格，在近幾年發表的〈非法入住〉、〈合法生活〉、〈無法無天〉、〈內臉〉、〈暗中發光的身體〉、〈沒有指紋的人〉、〈市場街的鱷魚肉〉等具有「異端」性質的現代主義作品中已可見一斑。」可見王威廉小說文體的擴充和小說內在本質的現代主義已然被注目與認可。本文試以《北京一夜》裡三類不同的主題路線來詮釋王威廉寫作上的意義。

詩意／感官的抒情之情

〈北京一夜〉敘述一對錯過時機未能成為眷屬的情侶，儘管相識時，女的念醫；男的念文，卻因為共同擁有對文學的喜好，及同為西北人，女的陸潔美麗善良，男的家樺對她一見傾心。他總是為她的文學興趣找到發表的管道，且不斷為她的文學執迷打開視野。然「他的直覺讓他隱隱預感到，自己與她之間不會是一帆風順的，他將承受生命中那種未知、無形卻錐心的傷痛。說到底，這個女人還是一個謎」、「他覺得她那不可索解的內心，正是通往一個真實世界的路徑」。家樺對陸潔的莫名執迷和一往情深，說到底，究竟是落入一種詩意的、無力的愛情之情，若只是單純對她出色容貌和文學興趣的耽溺，倒也無以支撐十年之久。然而家樺對陸潔的愛其實是超出一種常理，未經熟識即以一種「鑄印」的情感將他和陸潔縊結在一起。北京一夜，承擔十年之久的繆想與思念，當他們再度重逢，「他們的嘴唇既是在重溫，又是在探詢，探詢歲月變遷中那些難以言傳的滋味」，「有了時間的濃度，他與陸潔的感情早都發酵成了濃香卻又辛辣的酒」，彷彿這一夜成了對彼此的相思、葛藤，以及十年性愛想像的濃縮物，強勁而感官的愛。對於殘破而無以修復的愛情與青春的執戀，成了家樺綿綿無盡與意識纏繞的抒情形式，同時也成了一種悲哀的感傷：「他覺得自己對她的愛情儘管搆不上不朽，但至少也是對永恆的一

種假設，或者，是對永恆的一種發明。她曾用這種文學的方式告訴過他：她為了把他留在一種永恆裡，所以總是遠離他」，而男的卻說：「我會一次又一次把你留在作品裡」。在理性的思考裡，兩人都有對彼此眷戀的一種方式；然而在現實而寒冷的地壇公園裡，兩人流失的時間與青春，彷彿是「門後這座祭祀大地的方澤壇上，遺落下來的兩件祭品」，滄桑而無奈，絞纏而無結局。

在〈北京一夜〉裡無法成全的詩意愛欲，於〈聽鹽生長的聲音〉中，亦有另一種的荒涼景致述說後現代疲態的情感欲望。文章敘述居住在鹽湖的夏玲夫婦，接待欲前往西藏而路過此地的小汀和金靜這對情侶，四人在鹽湖一遊中，男主人公「我」驚詫於金靜鋒利的美貌，彷彿他於無感的沉睡中刺醒：「這座冷落的小城，讓我暗自憂傷，而金靜帶著她驚人的美貌，像一道過於明亮的閃電，讓我憂傷的陰影愈加濃厚了」。就這樣，一行四人觀賞風景時，發生了彼此生命中的交集和共感：積雪般純淨的鹽層，火星般奇特的荒涼、死海般淹不死人的湖、破裂肝膽般的夕陽西下，整個轟雷雷的震懾了小汀與金靜的內心──「我無數次看過那樣的風景，夕陽像是破裂的肝臟一般，鮮紅的血

流滿了白色的繃帶。我覺得有門看不見的大炮在向太陽轟擊。就像有挺看不見的機槍在向我的生活掃射，我和夕陽一樣血紅一片……」──因而不禁發出這樣的慨嘆：「夕陽無限好，只是近黃昏，太美的東西離死亡都太近了」。究因於鹽湖的奇特與荒涼，小汀因而作了一張畫，返家之後將鹽湖大圖寄給夏玲夫婦留念；而金靜興起了未來想葬身在玻利維亞西南部高原的烏尤泥鹽湖，與萬古洪荒融為一體。而「我」則在鹽湖行旅中，消解了他對故友老趙的歉疚，自此之後，再也沒有夢見老趙，但是卻做了一個夢：一個人走在夜晚的鹽湖邊，聽見鹽生長的聲音。翌晨醒來，恍然大悟於鹽和生命都是生長與衰敗著的一種變化：夏玲有了孩子之後，為了撫養孩子而離開鹽湖，徒留「我」、還有那不停生長的鹽陪著他，全文透露出一種孤獨、虛無、冷調的氛圍。

如果說，〈北京一夜〉和〈聽鹽生長的聲音〉是一種愛情和虛無的衍生物，那麼〈書魚〉無疑是人性感官覺受極度靈敏下的一種想像的「變形」──卡夫卡式的現代摹寫。文中的書蟲（嗜書者）正在迷戀吳哥窟的廢墟石壁時，發現了一隻書蟲（真正的），假的書蟲進入了真的書蟲的世界，對他而言，書中彷彿是一個虛擬世

界，然而現實的他卻感染了這種內心的幻象和神祕之事的潛在欲念，進入一種生理性病變：耳咽管開放症，彷彿像一台受潮發霉的舊音箱，由體腔、體液和聲帶的綜合作用產生的怪現象。而最終，他想治癒神祕中醫所說的「寄生蟲病」，便如讀書小童般，大聲朗讀書中的藥草名，蟲子因而感到噤聲，從而消失，哪一種藥名造成回音消失，就服用該種藥，便藥到病除，以一種現代主義式的變形記述說後現代書蟲面臨自己成為歷史寄生蟲的時刻是如何的樣貌。

孺慕之愛和智慧之泉

在王威廉的小說中，不乏藉由對長者智慧的傾慕述說一則則雋永的美德，如〈父親的報復〉在敘寫一向被誤以為「北撈」的北方人之桀驁不馴的性格，從抗議拆遷到毅然決然被視為是一個地地道道捍衛家鄉原貌的廣州人，文中父親形象的描繪甚為清晰立體。特別是自己身為北方人的父親，頻頻招喚已在北方工作的兒子返回故里——廣州服務，以為廣州才是自己的根，這樣的意念成為父與子之間長久的對話與矛盾。勸子回歸自幼生長的根——廣州，而不是北方那條「虛無飄渺」的根，在此點上，父親無疑在跟著自己的生

命履歷做拔河，一頭是孤獨血緣的故鄉；一頭是磨練成長的家鄉，父親的流浪歷史奠定他的立根想望，他想把廣州這個充滿惡劣競爭與急速商業化的城市當成比山東更加確立的根柢，於是乎，他將兒子命名為「有為」（康有為的有為）。認同廣州成了父親生命深處日漸沉澱、疊加糅合的「隱形鐵錨」，隨著時光的推移，他幾乎無法移動，至乎「作繭自縛的悲哀」。於是，從妻子眼中的漂泊「傘兵」到故里鄉人眼中至死不毀的釘子戶形象，一句「羊城河山可埋骨，嶺南夜雨獨喪神」似蠻橫卻是威武不屈的英雄靈魂，述說了他對於這塊土地的依戀與悲憤力量。

「七○後」代表作家張楚以為王威廉的小說「保持著對已知世界的狐疑和拒絕，讓他的小說呈現出一種由裡及外的疏離感和硬朗的美感。他讓愛與痛、明與暗、拯救與背叛在黑暗中各得其所，我們於廢墟中看到了一切。」正是這樣的汲汲勸求與堅持，父親的形象成為永恆，成為兒子心中最完善與給力的強者剪影。

〈絆腳石〉敘述一場忘年之交舐犢情深、孺慕之情的際遇。一名年輕的出版社職員偶遇一名具有奧地利血統的上海老婦人，從個人的家族歷史到民族的集體歷史聊談中，這兩個類祖孫的動車聊談便成

為一場有意味的形式。「絆腳石」述說的既是異國血統的老年人尋溯父祖猶太文化遷移至中國的歷史尋根；也是青年的父祖輩從珠江三角洲逃難到香港，躲避共產統治燎火的歷史尋根。藉著這樣的中西文化對照記，呈顯了中國在不同歷史場景和變異的歧義或者矛盾的面貌：它既是中國「辛德勒」何鳳山、挽救奧地利猶太人的母土；也是腥風血雨的文革促使一批批青壯年竄逃至香港的故事場景。純然的，都是不同時代因緣底下鑄成的「絆腳石」，讓這對忘年之交得以彼此舐撫家國傷口、滋生孺慕之感的絆腳石。

彌補暗黑靈魂的縫隙

在《北京一夜》書中所收錄的篇章中，除了有虛無蒼白的抒情之作，如〈北京一夜〉、〈聽鹽生長的聲音〉、〈信男〉；再者，比較具有現代主義的變形敘述和扭曲寫作的，就要算是〈書魚〉和〈第二人〉了。〈第二人〉可謂本書中的驚豔之作，初次讀到，甚為震撼，彷彿殘忍地將後現代暗黑靈魂中最醜陋及最真實的謎底揭穿分曉。

故事主人公大山做為毀容者——「第一人」，他的被汽油毀容的臉龐呈現了與攣生弟弟小山完全不同的命運，然而他想複製的「第二人」並不是弟弟小山，而是失聯甚久的小學同學作家——因為擁有對文字的駕馭，成為他「第二人」的不二人選——因為，「文字是人的另一張臉」，其作「內臉」說明了人性的真實面容和所獲得的天賦或者利益，往往是背道而馳。文中藉由大山對於「內臉」的解讀與詮釋來說明他為何尋找一位文字創作者做為他複製「第二人」的念頭：「你在那篇小說裡寫了兩個女人，一個女人在權力的頂端，有著變化多端的表情，另一個女人的內心善良豐富，卻得了一種病，失去了表情，你在和這兩個女人的情感糾葛中，探索了臉的很多意義」。對一個人的「內臉」有深入了解卻反而沒有完整外臉的大山，透過綁架寫作「內臉」的作家，得以將他人生不能用外臉去面對眾人的內在心情（內臉）——比如威儡、威儡孳生的恐怖，恐怖孳生的權力——來發揮他外臉的功能，所以他跟作家說的：「你在小說中表達了權力對臉的塑造，但是你卻沒想到臉也可以獲得權力，這才是臉最奇妙的地方」。大山以他的內臉來駕馭對外臉殘缺不足的彌補，然而在他過度利用自己的外臉之威儡所擴張的權力以及財富，卻反而使他的內心更加欲求不足，更加的凋零扭曲，以至於他需要尋索一位對臉的探討

甚有深度的作家，來承載他自己內在永無止盡的欲望與怨懟，以及永填不滿的深淵與溝壑。於是他想讓作家感受到自己的感受，經歷自己的經歷，以女人和財富來兌換他的臉，而他的臉便成了另一人的另一個人生，於是乎，一陣熱浪襲上了作家。此篇對於人性極致扭曲的敘寫，故事情節的離奇架構，形成所收錄的短篇裡最鮮明的個人風格。

〈信男〉描述一位於出版公司擔任倉庫管理員王木木，面對離異之後的孤單生活、凋零且乏人問津的工作，在逐漸日暮的垂老心態中，他找到一個生命的出口：寫信。寫信給珍愛的女兒琪琪；寫信給領導；寫信給領導的女兒小琪。在寂寥的信男自述中，充分展現出一種現代主義式的空洞感：「在倉庫裏，變成一個老人已經是我生存的底線了，我不能想像離開這裡我還能怎麼存活下去？其實我也說不上來，究竟是我喪失了生存的能力，還是在潛意識裡迷戀這種老人一般的絕望？絕望，離死亡更近一些，但作為生的壁壘，卻更堅固。」他寫信給嚴肅無趣的領導，然而卻換來一聲聲的疑問；他寫信給領導的女兒小琪，得到一種生命的躍動；他寫

信給女兒琪琪，終於得到回信。王木木信男形象的描繪，無疑是藉由寫作來療癒現代靈魂之間的空洞的縫隙，撫摸心靈與心靈之間的交流和虛無的創傷。

〈倒立生活〉也以一種突梯的思考方式來鋪陳一對偶發感情的戀人，如何藉由「倒立」來抒發神女的「反重力情結」，因為「重力」乃是神女悲傷的來源。於是他們模仿壁虎倒立在天花板上，享受眩暈的生活以及性愛。這樣的故事雖然誇張而荒謬，但就如王威廉在〈寫作的光榮〉後記一文所述說的：既然傳奇已經消亡，要以更高的效率，像流水線那樣來生產故事。在充斥網路節奏的時代中，

像王威廉仍舊願意好好說故事——營匠「小說的事業」的人對寫作感到光榮，可謂是以一顆真誠的心靈在虛無的時代中尋找故事。著名作家魏微說道：「王威廉的寫作上承先鋒，下接現實，使得我相信，萎蘼了二三十年的中國文學也許將在以他為代表的年輕一代手裡得以重振」，不可不謂是對王威廉之小說志業極大的肯定。

【陳崔倩，宜蘭大學人文暨科學教育中心助理教授】

我們生來孤獨
王威廉《北京一夜》讀札

宋嵩

誕生於茫茫宇宙中一粒微塵之上，至今未能在浩渺的星河中尋到可以同舟共渡的夥伴，我們生來孤獨。坦然面對這個現實，並且大膽地將它說出唱出，無論如何都是一件需要勇氣的事情。許多年前，在披頭士那首具有劃時代意義的Sgt. Pepper's Lonely Hearts Club Band裡，保羅‧麥卡特尼在嘈雜轟鳴的伴奏下反覆吟唱著Sgt. Pepper's lonely（佩伯軍士是孤獨的）許多年後，一個叫王威廉的年輕人用他的想像力，虛構出若干或荒誕、或凝滯、或輕逸、或深情的故事，將孤獨這一人類與生俱來的本質娓娓傾訴。

一

王威廉是借助〈非法入住〉、〈合法生活〉等一系列充滿了形而上思索的作品登上文壇，並進一步通過〈內臉〉、〈沒有指紋的人〉這些隱喻色彩濃厚的作品形成自己獨特風格、引起廣泛關注。在〈虛構是一種理想〉中，他曾坦言：「目前一種有良知的寫作只可能是隱喻性質的……文學的力量在於真實，而真實的路徑卻是虛構」，「隱喻」也因此成為解讀王威廉小說的關鍵字之一。無論是〈第二人〉還是〈信男〉、〈倒立生活〉，王威廉都將虛構和隱喻的技法發揮得淋漓盡致。

〈第二人〉是之前獲得廣泛好評的〈內臉〉的續篇。在保持高度思想性的同時，作者又在可讀性上做出了努力，通過強烈的戲劇性深入剖析了權力與人性之間的關係，借助一樁扣人心弦的綁架案的形式，闡述了「威懾滋生恐怖，恐怖滋生權力」的人間本質。在作者筆下，「惡」被表現得力道十足，無論是小鎮少年的暴力群毆，還是鬼臉惡人的欺男霸女，都讓人

看得心驚肉跳，但更讓人悲哀和絕望的，則是人性的軟弱，以及社會在邪惡勢力面前的冷漠、妥協乃至合謀。「女人只是需要畏服的，你能讓她畏服，她就能慢慢愛上你」，面對這一現實，原本還有些良知的「我」，居然也對自己的「失敗」痛心疾首起來。

然而，作者並沒有將全部精力都投入到對「權力」和「惡」的展示上，正如他在一則對話中所說，「惡是需要作家用精神的力量去穿透的東西，而不是深陷其中，甚至迷戀其中的東西。……寫惡比單純寫善更有深度的原因不在於惡本身的價值，而在於善的發現。對善的抵達需要惡的難度，沒有這種難度的善是單薄的」。（〈尋找來與去的路——精神資源、自我體認與現代性視野下的寫作實踐〉）在〈第二人〉中，在幾乎是十惡不赦的「鬼臉」的身上，王威廉仍然隱約看到了「善」的影子，那便是人類與生俱來的孤獨感。劉大山綁架並利誘、脅迫「我」，目的是讓「我」來分享他的孤獨。「那樣，我就可以從瀕死的孤獨中活過來了」。劉大山憑藉一張人見人怕的「鬼臉」橫行鄉里，實際上卻是色厲內荏，財欲、色欲和權力欲的實現，終究無法撫慰

孤獨的靈魂。本雅明曾經說過：「現代小說只能誕生在孤獨的個人之中。」透過那張「鬼臉」，王威廉窺測到了劉大山的「內臉」，它因孤獨而顯得分外蒼白，構成了〈第二人〉這篇小說的底色。

心靈的「孤獨」使一條惡棍也有了向善的可能性，但即便如此，他為自己尋求的解決之道仍然是「惡」的，希望剛剛萌芽便被殘忍地扼殺。與此相比，〈信男〉和〈倒立生活〉則溫和得多。如果說這兩篇小說中也有「惡」，那就是生活的平庸與虛無，以及人與人之間的冷漠和隔膜。在〈信男〉中，寫信成為「我」反抗虛無與絕望的唯一手段，也正因為如此，寫信成癖的「我」被視為神經病，行為無法得到領導甚至妻子的認同。「我」唯一的知音是領導的女兒，但她卻因為沉迷於詩歌而被視為「不正常」，遭遇與「我」何其相似。最終，兩個人的通信獲得了有限的「合法性」，兩個高貴的靈魂有了對話的可能，「就像是兩顆恒星突然接近，然後繞著彼此公轉了起來」。與此相似的是〈倒立生活〉的結局：一對被拋出凡俗生活軌道的男女萍水相逢，在「倒立著生活」的怪異念頭上一拍即合，並在倒立生活的實踐過程中互相慰藉，尋覓到了

「幸福」，儘管這種幸福顯得那麼縹緲和猶疑。

從古到今，無數作家、批評家都對理性與感性、或曰理念與現實在小說創作中的先後地位這個問題發表過見解，但卻像「先有雞還是先有蛋」的爭論一樣，從來都沒有得出一個結論。尤鳳偉曾經總結說，自己的小說創作是「理性在前，感性在後」，也就是「理性思索，感性寫作」。王威廉的寫作顯然也是這個路數。相較於從現實出發去提煉理念，這種寫作方式的風險似乎更大，卻也更能給讀者留下深刻的印象。儘管在可讀性上下了很大功夫，〈第二人〉、〈信男〉、〈倒立生活〉在敘事和情節上仍不能說是完美的，尤其是字裡行間隱約透出的生硬感，多多少少讓人有些惋惜。這絕不是用「陌生化」理論就能輕描淡寫地掩飾過去的缺陷，而是作者今後應該努力校正的方向。

二

在我看來，〈書魚〉是王威廉近期創作中最醒目的存在。這是一篇質地極為特殊的小說，在虛構性、隱喻性和寫實性充分結合的基礎上，它體現了作者在文體探索方面的新突破，其主題也因此變得頗

為難以索解。小說開頭短短的幾段文字便涉及了對卡夫卡《變形記》、夏目漱石《我是貓》和蒲松齡〈促織〉的比較閱讀，很像是一則討論現代小說技巧的讀書隨筆；但作者很快就宕開一筆，從「人變蟲」這個話題生發開去，講述了「最近」發生在「我」身上的一段荒誕離奇的遭遇，因此我們通篇讀罷又很難將〈書魚〉納入「元小說」的範疇。熟悉中國筆記小說傳統的讀者一眼便可看出，小說的主體部分，即對主人公罹患「應聲蟲病」及求醫問藥始末的敘述，其實是一個中國古典敘事母題的當代重述。從唐人張鷟的《朝野僉載》和劉餗的《隋唐嘉話》開始，經由宋人陳正敏的《遯齋閒覽》和彭乘的《續墨客揮犀》，直至魯迅的《熱風·隨感錄三十三》，「應聲蟲」的故事被一遍又一遍地講述，讀者對其的印象也因此不斷強化。如果說唐宋文人是懷著一種獵奇的浪漫主義情懷將之記錄在案，魯迅則是將其視為中國人缺乏科學傳統、熱衷於混淆科學與玄學界限的證據，那麼，在已經高度昌明開化的20世紀，王威廉煞有介事地重述這個母題，其用意何在？

小說開頭有句話相當耐人尋味：「傳奇都是第三人稱寫就的，而真正的現

實只屬於第一人稱。」而在結尾，「我」衝動地想要「逆歷史潮流而上」，同時又一次提到這句話，並告訴讀者「要是有一天，我變成了神仙，你們也用不著驚訝」，因為古書上記載說，書魚只要三次吃掉「神仙」兩字，就可以變成「脈望」，人在星空下用脈望可以招來天使，從而羽化成仙。曾經被「我」視為荒誕不經的「應聲蟲」的故事居然發生在自己的身上。曾經被「我」哭笑不得地看做神話故事的「土地廟」旁邊的「老爺爺」，卻用難以置信的方式治好了「我」的怪病——用「第一人稱」敘述出的「真正的現實」挑戰了現代人的經驗，自文藝復興乃至工業革命以來鍛造出的堅固理性鏈條上出現了意外的漏洞。長久以來，文字和書籍充當著人類進步的階梯，前人經驗借助文字傳承給後人，這同時也是一個普遍經驗淘汰個別經驗，「第三人稱」取代「第一人稱」的過程。經驗主義的慣性消弭了神祕主義帶來的恐懼感，讓紛繁複雜的世界變得簡單明瞭，但也使人變得麻木不仁。他人的經驗唾手可得，以至於人們對這個世界的無限可能性視而不見。所謂的「逆歷史潮流而上」，就是要在這種普遍的麻木狀態中保持清醒。反映在〈書魚〉中，就是像「我」那樣，不苟且於房奴的生活，同時在這個浮躁的時代堅信閱讀的力量。這種堅守，勢必不會得到大多數人的認同，甚至有可能被視為怪物，註定將在人生之路上孤獨而行。「羽化成仙」，很難說不是一種自我解嘲。借助〈書魚〉，王威廉向我們發問：這樣的生活，你準備好了嗎？

三

〈父親的報復〉這篇小說有著極為寫實主義的形式，但其精神內核卻相當理念化，在王威廉的小說序列中占據著「中間態」的地位。作者在小說的開頭就點明了通篇主旨：父親總是想方設法迴避自己的北方人身分，強調自己是廣州人；之後洋洋灑灑萬餘字，都是在敘述父親「迴避」和「強調」的努力。無論是他先後兩次對職業的主動選擇，還是在面對山東老鄉時的尷尬與敷衍，以及對所謂「北撈」身分的厭惡與咒，種種身分認同的努力，無一處不顯得不近人情；這種「不近人情」甚至還被他投射到了下一代身上，試圖用「命名」的方式為父子二人營構可以信賴的認同元素。小說的高潮是父親面臨房地產開發商強拆行為時的抉擇，然而其

行為的出發點卻明顯不同於通常的「釘子戶」，並非經濟利益最大化的訴求，而是以此來證明自己「比那些傷害我的廣州佬們更愛廣州」，是一樁處心積慮、蓄謀已久的復仇計畫。身分認同的焦慮使人的靈魂變得極度敏感，而這種敏感又將其精神塑造得格外偏執，這幾乎已經成了當下生活中頗具普遍性的現象。但在我看來，王威廉的寫作意圖並非僅此而已。小說中有兩個細節值得我們細細品味：其一是職業的變化對父親口音的影響，其二是父親在推土機的轟鳴中寫出的那兩句詩。對於前者，父親有深刻的認識——推銷員是自說自話，計程車司機則需要與乘客的溝通交流；方言和口音正是在你來我往的應合中產生，而這正是身分識別和認同過程中極其重要的一個環節。推銷員的職業生涯無法讓父親尋找到身分認同，但這並非最大的悲哀；哀莫大者，是自說自話、無人應合的窘境下深深的疏離感和孤獨感。而「羊城河山可埋骨，嶺南夜雨獨喪神」的悲壯抒懷，在「我」看來簡直是「石破天驚」的舉動，更是暴露出長期蟄伏於父親潛意識中的憂傷。一個「獨」字，道盡了背井離鄉在南國打拚的孤寂；「埋骨」的豪邁，終究敵不過「喪神」的淒涼。復仇

的計畫，即使圓滿完成又能怎樣？血肉之軀終究抵不過推土機的鋼筋鐵骨，身分認同的獲得也難免淪為街頭巷尾的談笑資料。一語成讖，孤獨的仍舊孤獨，讓讀者不禁黯然神傷。

四

上述幾篇作品明顯帶有虛構色彩和荒誕意味，在主旨上也呈現出複雜多義性，反映了一種「言有盡而意無窮」的意蘊指向。相較而言，隨著年齡的增長，王威廉近幾年來創作的〈絆腳石〉、〈聽鹽生長的聲音〉和〈北京一夜〉，帶給讀者的則是更為鮮明的現實感。它們的主題清晰明確，情感飽滿充沛，青年人的鋒芒銳氣有所收斂，代之以而立之年的沉穩深情；無論是在時間的跨度上還是在空間的廣度上，都體現出作者的新追求。

一直以來，王威廉的小說都極少直接涉及歷史。他的大多數作品都將時空設置在當下，即使是那些隱喻性、荒誕性很強的作品，第一眼看上去也都披著當下的外衣，在此基礎上有限度地向未來擴展。但在〈絆腳石〉中，作者卻極為罕見地將情節設置為兩個素不相識的人在火車上對兩個歷史事件——納粹對猶太人的

大屠殺和6、70年代廣東「大逃港」的回顧。我相信，王威廉肯定深諳阿多諾的那句名言——「奧斯維辛之後，寫詩是野蠻的」，他不會、也沒有必要為這兩個歷史事件增加一筆平庸的敘述。因此他在主人公身分的設置上匠心獨具：猶太裔老太太蘇蘿珊並沒有親歷奧斯維辛式的悲劇，罹難的是她的父親；而自認為是「浪漫主義的人」的「我」，也只能通過爺爺奶奶、外公外婆的經歷去想像當年「大逃港」的黑暗。由此，小說的的主旨便不僅僅限於對歷史的回顧和反思，而更多地涉及歷史記憶、集體記憶與個人記憶的關係上。小說的核心意象——黃銅鑄成的「絆腳石」——有著明確的象徵意義：給這個過於平滑的世界一點滯澀，也就是給已經淡漠的歷史記憶一個提醒，給沉睡於和平之夢中的現代人一記棒喝。用一句老話來說，就是「前事不忘，後事之師」。

記憶的縈繞是孤獨之源。只有擁有記憶的人，才會不斷回望、反思；曾經的光明或黑暗、歡樂或悲傷，觸動人的心弦，孤獨感便油然而生。如果說〈絆腳石〉是用個人記憶和個人經驗巧妙地消解、融合了集體記憶和歷史記憶，〈聽鹽生長的聲音〉和〈北京一夜〉則是對個人記憶的純粹考量。〈聽鹽生長的聲音〉中的每個人都在糾結於如何擺脫、走出個人記憶和生活窘境，而〈北京一夜〉的兩位主人公則都在朝著重返十年前的個人記憶而努力。兩篇小說的情節都很單純，近乎透明的故事，字裡行間卻瀰漫著濕漉漉的憂鬱氣息。曠古荒涼、外星球般的鹽湖也罷，零下十度的北京之夜也罷，這個世界真真切切是一個lonely planet，每個人都渴望著彼此互相傾訴、擁抱取暖，以此彌補虛空帶來的恐懼，撫慰孤寂的心靈。

王威廉曾在接受訪談時說，寫作的悲憫不是對處境的改善，而是對處境的理解；深刻而細微的理解，對文學和生命來說意味良多。從創作第一篇小說至今已近十年，他孜孜不倦地傾訴著孤獨帶來的憂傷，卻無法為他筆下那些困頓於這個孤獨星球上的生命提供一絲幫助。他只是一遍又一遍地提醒讀者：我們生來孤獨。這是文學的無奈之處，卻也是文學的意義所在。

【宋嵩，現任職於中國現代文學館研究部】

那些伶牙俐齒背後的世故與感傷
讀馬小淘《春夕》

石曉楓

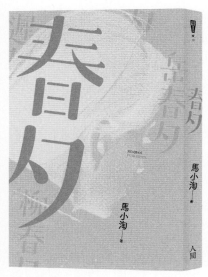

人間出版社

2015年6月，馬小淘在台灣《聯合報》副刊發表了一篇談八〇後作家的作品，我注意到她行文間的討論與自我省視：

> 所謂「八〇後」趕上了匱乏的尾巴，又迎來了發展的春天，好像和一直遭罪的前人不同，也區別於生來就見識繁榮的後輩。但是我忽然覺得，地球那麼大，歷史那麼長，代際可能並沒我們想像得那麼鮮明。也許人與人真的沒有那麼不同，不過是自命不凡或者被另眼相待。

評論家們意圖打造的代際命題與視野，她一筆勾消，輕描淡寫地指出其中更遼遠、更深層的某些體會。從十七歲出版第一本隨筆集迄今，這位早慧早發型的創作者已累積了六本創作，在寫作路上行走多年，她對所謂的寫作動機、創作觀、代際差異等問題沒有太大意見，是隨興或是嘲弄任人解讀，馬小淘只表態會踏上寫作

之路，純粹基於「好奇和迷惑」。在對世事的好奇與迷惑裡，她冷雋觀察，提出想法，並且在且行且寫、且迷惑且清明的創作之途裡，敏銳洞視到自我的侷限。

《春夕》裡所收的六個中短篇〈不是我說你〉、〈牛麗莎白〉、〈你讓我難過〉、〈春夕〉、〈毛胚夫妻〉以及〈兩次別離〉，寫作時間跨度約有六年，但整體觀之卻表徵了高度的一致性與個人風格。就題材而言，馬小淘在此部小說裡所注目者，多為浮世男女的情感世界，〈不是我說你〉、〈毛胚夫妻〉及〈兩次別離〉寫的是愛情，〈牛麗莎白〉主要寫的是友誼，而〈你讓我難過〉、〈春夕〉則兼寫愛情與友誼。在這些故事裡，主要角色多來自於廣播專業，「林翩翩」作為廣播學院高材生，以電台播音員的職業現身，固然是重複出現的名字，其他如〈毛胚夫妻〉裡的雷烈與溫小暖，是廣播學院播音系畢業的師兄妹；〈春夕〉裡的江小諾是錄音師，鍾澤則以「金嗓子」令人驚豔，凡此也暗合作者本行，可見馬小淘自有其

熟悉和偏愛的小說背景。至於〈牛麗莎白〉裡牛麗莎、沈源彼此的外貌特徵與情誼淵源考，到了〈你讓我難過〉裡的林翩翩、戴安娜間，又頗有些類似的映照。

馬小淘寫愛情，在〈不是我說你〉裡便可看出驚人的才賦。這是篇電台故事，同時也是聲音的故事，或許作者並不擅於依賴「行動」來塑造人物形象，但在此篇小說裡，她選擇以「聲音」作為切入點，無疑加深了讀者對角色的想像空間。而將背景置放於廣播的專業環境下，整篇小說也充滿了聲音表情：標題節奏明快、對話則伶俐傳神，在嬉笑怒罵中，馬小淘一邊寫情感的無奈，一邊也嘲弄了電台節目商業化競爭的虛偽。至於友誼部分，單看〈春夕〉裡寫江小諾與蕊妮之間的鉤心鬥角，一句「女人之間，憤恨、理解，往往都是沒道理的一瞬間」下得輕巧，卻盡得神髓。〈牛麗莎白〉則是一篇關於綽號的故事，小說裡寫牛麗莎在父母、友朋間遭受的挫折與挫敗，那些輕描淡寫、舉重若輕的「惡意」，即使以貌似善意的形式

表達，還是造成了傷害。

在對角色的評斷裡，馬小淘展現了相當明確的好惡投射，例如她對惡俗的鄙夷。〈毛胚夫妻〉裡溫小暖嫌棄雷烈氣若游絲、生活窘迫的夢境惡俗；而對於雷烈前情人沙雪婷的俗麗，敘事者亦不憚表露出乏味與虛偽的批評。〈不是我說你〉裡的林翩翩對於惡俗何等厭惡與鄙夷？然而其涉入的愛情故事，卻是俗濫的奔四中年男子與初入職場青春女子間之糾葛。〈你讓我難過〉裡的林翩翩也何等清高？但卻扮演了最惡俗的「小三」角色。那麼敘事者鍾意的生活是什麼？〈毛胚夫妻〉裡的「蟻族」可為代表。胸無大志的溫小暖，放棄優秀的專業能力，廿餘歲就過上退休生活，把全部注意力都放在網上，過著雖無聊卻歡樂的逆生長日子。瀕臨破滅的婚姻、一對彼此幾乎審美疲勞的夫妻，卻因與故舊、前情人的聚會而發生逆轉，靈魂的高度自由彰顯了物質性的寒傖，溫小暖的毛病成了難得的優點，這種皆大歡喜的轉念，可說對生活投予了更本質的注視。

意念的完整與精神氣質的一貫，是馬小淘敘事的一大特色。在這些篇章裡，所有角色幾乎都是伶牙俐齒的，那些幽默犀利的對話、明快而聰明的筆調，充分表徵了八〇後的刁鑽與機靈，簡直活生生一作者現身於字裡行間。但看此段文字：

> 周圍的人前仆後繼進了圍城，絕大多數都是速戰速決，從認識到熱戀進而結婚，一年半載而已。反正也不打算眼裡常含淚水，乾脆也別堅持愛得深沉了。……何況活著總是疲於奔命，縱使沒甚麼野心，無意飛黃騰達，每天還是要起早貪黑討生活，哪有心思琢磨甚麼山無稜天地合的大手筆。那都是有閒階級幹的，傷筋動骨上天入地，勞心勞力破壞免疫力。（〈兩次別離〉）

玩世不恭的語調一路急奔而下，寫盡了八〇後的尷尬困境，感情空窗的剩女、疏離的人際關係與假做熱情的社交型

態，謝點點的憊懶完全反映了這一代對理想、愛情與婚姻的無望，一切彷彿只能靠著耍嘴皮子得過且過。

於是牛麗莎的醜、牛麗莎的自嘲自損、牛麗莎豁達裡隱含悲愴的語調，至收束竟有了輕微的恐怖感。而林翩翩伶牙俐齒間，更難掩偶現的傷感。〈不是我說你〉、〈你讓我難過〉兩個故事裡的林翩翩都是乾淨俐落，令男人省心的角色，她有合理要求、非分要求都不提的清高，安靜愛人、不愛乾淨走開的自尊要強，然而所有的超脫大氣都是演的，〈不是我說你〉裡的無所求與豁達，竟是以委屈和迎合為底色；〈你讓我難過〉裡兩段無出路的感情、在婚姻國度間的徬徨與淒涼，以及油嘴滑舌背後的恐慌，更暴露了對感情高度的不安與不信任感。而初戀情人的陰影、層疊重複的關係，更是馬小淘作品裡屢次出現的情意結，〈春夕〉裡江小諾懷疑鍾澤另有一氣質激似自己的神祕初戀女友「春夕」，與〈你讓我難過〉裡「小三」林翩翩發現自己與鍾澤之妻的神似，

難道不是文本的互涉與反諷？馬小淘無論寫中年男子的成熟與疲勞，或年輕女子脆弱的凶猛，都剖析得透澈而世故，行文間充滿了洞察情感後的冷然與悲哀，凡此對於人性內層的剖析，是其著力處也正是其迷人之處。

然而敘事者又是善於自我解套的，〈春夕〉裡的「但行好事，莫問前程」；〈兩次別離〉裡「這一切必須為她正常的人生讓路，必須囫圇吞棗地過去。對於擦肩而過的人和事，是不是真相其實沒關係」的豁達，以及〈不是我說你〉裡「完美是個圈套，相安無事就好，別要求太高，別委屈就好」的自我寬慰，雖然略帶些蒼涼無奈，卻亦直指不折不扣的自適與自處之道。正是在這些佻達、世故而淡然的收束裡，我們讀到所謂八〇後那種直面現實的生猛與活力、那種日常背後的底勁與韌性。

【石曉楓，台灣師範大學國文系教授】

馬小淘的聲音
關於小說集《春夕》

金赫楠

一

馬小淘的小說，頗具辨識度。而這相當程度上來自她的小說語言。關於八〇後女作家，我一度總抱有一種整體性的印象，認為成就和侷限她們的重要因素之一就是那普遍流行著的「為賦新詞強說愁」的青春文藝腔。在這種腔調裡浸泡久了，某日讀到馬小淘的小說，確實眼前一亮、耳目一新。那是一個年輕女孩的聲音，但卻不矯情、不溫軟，不故作呢喃、不刻意華美；它是口語化、風格化的語言狂歡，俏皮話、網路流行詞和大實話混合著年輕氣盛與看破紅塵，牙尖嘴利，又有點大珠小珠落玉盤的節奏繽紛，輕快、脆爽、戲謔而犀利，有時一不小心多少還顯些刻薄。

當然，如此這般堆砌著形容詞來談論馬小淘的語言風格，不如從小說集裡信手拈來幾段話舉例說明：

這種語言狂歡，有時穿插在小說的敘事中——「江小諾認為那嗓子神了，落葉聽完狂飛舞，河蚌聽了乖乖吐珍珠，玉兔聽完不搗蒜，熊貓聽了想染黃毛，牛魔王聽完撕了芭蕉扇，關雲長聽完丟了赤兔馬，她江小諾聽著聽著就上癮了恨不得幻聽裡都是這聲音」。

有時大段地出現在人物對白裡（或者，更準確地說，人物對話的搶白裡）——「別扯這些沒用的，別跟我整什麼昨是今非物是人非的陳詞濫調。你知道我這一年是怎麼過來的？我想掐死你也沒用，你已經消失了。所以我一次次在心裡掐死你，你不是自己跑掉的，你是被我掐死的！我從來就平凡，根本不想經歷什麼跟別人不一樣的事情。我沒體會過在風口浪尖的滋味，我也沒興趣。從小學我上課就不舉手發言，雖然老師點我我也能答上。我沒當過班幹部，老師覺得我成績還行，讓我當我也不當。談戀愛也是這樣，我是想過要嫁給王子，但那只是一閃而過

的念頭。我從沒預備跟誰殉情，不化蝶，不喝藥，我要的就是家長里短的日子，一地雞毛。再說我要是想談一次驚天地泣鬼神的也沒必要跟你，你開始偽裝得多好，一副老實巴交居家男的模樣。我是為了腳踏實地才跟你好的，誰知道你還真是個過山車，我都沒反應過來就被甩到天上轉暈了。下邊還全是看客。」

以我對小說的閱讀偏好與評價標準，敘事語言語感的個性化，那些字裡行間蕩漾的或迷人或噎人的獨特氣息，是我選擇和喜愛一部小說、一個作家的重要理由。魯迅、張愛玲到王安憶、畢飛宇、滕肖瀾、張楚……我個人比較中意的作家作品，基本都明顯具備這個特點。文學是語言的藝術，思想和主題的深刻、題材的現實性與普世感，如此種種，都需要經過一個個體的寫作者，經由個體的眼光、思慮和表達方式去實現。用什麼樣的語言方式去呈現和闡釋世界，這才是文學某種意義上質的規定性和魅力所在。用馬小淘自己的話來說：「我十分看重語言，〈長恨歌〉無非是李隆基夫婦愛情悲劇，〈賣炭翁〉不過是小商小販被剝削壓榨的殘酷現實，它們可以流傳千古，顯然是絕妙的語言在語推波助瀾言。」

——瞧，這姑娘，隨便寫段創作談，也不忘如此得瑟俏皮。

二

小說集《春夕》是馬小淘新近出版的中短篇集，書中收錄的幾篇小說中，有一個名為〈春夕〉，小說集亦以此命名，我猜馬小淘自己最得意和鍾意的大概也是這篇。

在這篇小說中，馬小淘精心、精準描摹了一段女主人公心裡百轉千迴的愛情「獨角戲」：江小諾偶然發現男朋友錢包裡一張年輕女孩的側臉簡筆劃，寫有「春夕」二字。這成了她心裡放不下懸案、打不開的心結。這個名為「春夕」的存在，這個男友的疑似初戀女孩，在相當長的一段時間裡，構成了對江小諾的紛擾和折磨，她想盡辦法、遠兜近轉地去試著探尋關於春夕的祕密，卻始終不得而知。小說的結尾處，苦苦求索不得之後，江小諾自己豁然開朗，關於「春夕」的苦惱、擔憂和小嫉妒、小微妙，反倒成了女主人公加速進入婚姻的催化劑。

小說讀下來，作為讀者，在跟著江小諾著急上火大半天之後，讀者也許會突然醒過神來：什麼春夕，什麼疑似初戀，很可能根本就沒有這麼一個人的真實存在。這分明是女孩子的婚前焦慮症！而這篇中馬小淘的敘事，妙就妙在她用兩條線、兩副文筆，唯妙唯肖地刻畫出一個當

代年輕女性在婚戀生活當中的冰雪聰明和憨態可掬，那些兜兜轉轉的小心思、小情感，那些外表毫不在意、心裡百爪撓心的微妙和幽微。

〈春夕〉中有兩副文筆。江小諾和前男友的對話，那些貧嘴、鬥嘴、牙尖嘴利、伶牙俐齒貫穿始終，這是江小諾表面上的滿不在乎與笑看紅塵，她的勇敢自信，這是這個女孩面對外部世界時候的自我塑造與想像。而一旦回到自己的小世界，那些在心裡惦過來倒過去、拿不起放不下的滿腹心事和欲罷不能，這時候敘事的語調是輕柔、感傷又溫吞的，這是江小諾更為真實的內心世界，是她放鬆、放任的內在自我。馬小淘遊刃地在這兩副文筆中自如轉換，轉換中清晰、生動地勾勒出一個有點可愛、可樂，有點矯情又善良的年輕女性形象。

集子中還收錄了另一篇廣受好評的中篇小說〈毛坯夫妻〉。漂在北京的小夫妻雷烈和溫小暖，傾盡全力在五環外首付買房，因為沒錢裝修，所以乾脆住在毛坯房裡。雷烈像每一個打工京漂一樣為生計早出晚歸地勤勉打拚，而溫小暖卻因為不適應上班節奏辭職宅在家裡，晨昏顛倒地沉迷於淘寶和論壇，安心做一個精心研習食譜的小主婦。在這種生活裡，在困窘現實的壓力下，夫妻二人的人生觀價值觀時

有衝突。小說的高潮不期而至——雷烈帶溫小暖參加同學聚會，聚會的地點就安排在雷烈的前女友、如今的闊太太沙雪婷的別墅裡。馬小淘雖然沒有免俗地安排了這樣稍嫌窠臼的場面與情節，但是人物言行和結果卻是顛覆性的——面對雷烈富貴逼人、精緻到牙齒的前任和她的豪華別墅，溫小暖既沒受刺激，也沒有要由此改變自己的想法，她仍舊覺得自己的宅女日子很好，馬小淘的標誌性聲音再次響起：「你看她裝腔作勢的，在屋裡披個破披肩，這什麼季節啊，這麼暖和，又不是篝火晚會。這種顯然不是正常人啊，要麼就是太強大了，強大得都瘋了，我可不沒事找事跑去招惹她；要麼就是太虛弱了，我不向弱者開火，我有同情心！再說，我幹嗎跟你前女友掐，前人種樹，後人乘涼，她不走，我能來嗎？我屬於接班人，不能太欺負人，是吧！」這裡面，內含著馬小淘對溫小暖潛在的認同，我甚至想，這一刻，馬小淘和她的人物彼此附身，溫小暖一段話倍爽，作者也痛快淋漓。

小說集中有一篇名為〈不是我說你〉，廣播學院畢業的林翩翩進入電台工作，和領導一段水到渠成的地下情，身邊愛情長跑多時的男友，一飛沖天的播音主持事業，但林翩翩始終保持一種甚至不合常理的冷靜和理性。另一篇小說〈你讓我

難過〉中，主人公還是名叫林翩翩的女孩，冷靜甚至冷淡地經營著一段地下情，同時對女友閨蜜飛蛾撲火的情感生活哀其不幸、怒其不爭。這兩篇小說，雖然涉及不倫之戀和生離死別，但作者的敘事著力點卻不是戲劇張力的經營和爆發，充當小說敘事推動力的，相當程度上仍然是馬小淘個性化的語言。那個標誌性的聲音，此刻，戲謔和詼諧的語音語調中又夾雜一種看笑看紅塵的決絕與漫不經心——「童話裡說，公主和王子過著幸福的生活，全劇終。其實後邊日子還長著呢。極大的可能是公主發福，王子出軌，他們偶爾還皮膚過敏消化不良，不是永遠乾淨漂亮。金碧輝煌的皇宮裡，沒有相看兩不厭。他們不憑弔也不懊悔，有時候覺得挺噁心的，噁心了就吐一吐。」

三

作為一個職業的讀者，我個人最欣賞馬小淘的作品，是那篇最近廣受好評的中篇小說〈章某某〉。《春夕》集中並沒有收錄此篇，但我仍忍不住想在此談論這篇小說，以期讀者更立體全面地了解馬小淘的小說寫作。

廣播學院十年同學會的時候，同學章某某缺席，此時，她人已在精神病院。於是，關於她「精神病人是怎樣煉成」的

八卦，成為同學會的熱門話題。「我」是章某某的同學、畢業後時有往來的朋友、婚禮的伴娘，作為章某某故事的見證者和看客，小說敘事從這裡出發，在「我」的回憶裡章某某的短暫人生漸被勾勒清晰：她從三線小城春風得意地走進廣播學院，帶著小城名人爆棚的優越感與自信心，春晚主持人是她的職業夢想與奮鬥目標。而在通往夢想的過程當中，她自我感覺良好的艱苦奮鬥和自強不息，在周圍人眼中卻不過是屢屢上演的不合時宜甚至荒腔走板。最終，事業與婚姻失敗，章某某瘋了，住進了精神病院，「龐大的理想終於撐破了命運的膠囊」。

如此這般的故事梗概和內容提要，大概會讓人倍感熟悉、似曾相識。是的，又是一個「全球化時代的失敗青年賦形」（李雲雷語），又是一曲「青年失敗者之歌」（項靜語）。章某某的背後，站立或匍匐著一連串的文學人物，古今中外種種沉淪和傷逝的局外人、零餘人自不必說，同時代的文學作品中，文學期刊上此類小說比比皆是，比如《涂自強的個人悲傷》、〈世上已無陳金芳〉，徐則臣作品中的京漂青年，甫躍輝筆下的顧零洲在上海。他們是繁華熱鬧中的局外人、都市霓虹燈下的背光區，是夢一場和夢醒了無處可走。近來，不斷看到有批評家就此發

問：為什麼年輕一代寫作者如此迷戀失敗者故事和形象的反覆講述？其實這不難理解。人們都有將自己的經驗和處境誇張放大的心理傾向，在對自我本能的高度關注中，不自覺地誇大自己所屬族群、性別、代際等等的獨特性。楊慶祥在他那本著名的《八〇後，怎麼辦》中，開篇所著力表達與論證的就是八〇後一代人「失敗的實感」，在他看來，個體充滿沮喪感的現實境遇與精神生活，恰也是一代人的預定的失敗。有意思的是，在和身邊長輩們聊天時，他們常常掛在嘴邊的一句話就是：你們可趕上好時候了；而與此相對應的是，同齡人卻往往都在喟嘆：咱們這代人最倒楣。那麼，到底真相是什麼？被上山下鄉、被強勢扭轉青春、被低工資、被下崗，與被群居蟻族、被高房價、被漂一代、被壓力山大，究竟哪個代際人生更失敗？這其實真的沒有可比性，也沒法分辨清楚，只能說，每一代人都想當然地認為自己最特別的、最為時代社會所辜負的。具體到七〇、八〇後寫作中的「失敗者」形象絜堆，我只能說，往往越是繁盛喧囂的時代大背景下，個體的自我逼仄和失敗感往往更明顯和強烈；當然，反覆強調自己有多不容易，這本身大概也是一種面向時代和社會的推諉和撒嬌。

關於《涂自強的個人悲傷》、〈世上已無陳金芳〉等等青年失敗者之歌，已經有太多社會歷史意義上高大上的解讀和闡釋。這些作品，雖然稍嫌相互重複，但卻陸續在文壇甚至超越文學界而引起廣泛關注和熱議，這都是從正面強攻時代的敘事，寫作者的社會現實批判與問題意識明朗而清晰。閱讀這些小說，確實很容易產生貌似沉重、深刻的社會慨嘆，但也會輕易地熨貼了那種「失敗的實感」——既然時代和社會導致了一代人的失敗，既然普通青年個人奮鬥的無效性被反覆論證，那麼，就這樣吧，反正這事不怪我自己。

而讀罷〈章某某〉，我腦子裡卻直接蹦出「命苦不能怪政府，點背不能怨社會」。馬小淘用她獨特的語言語調，勾勒出的是一個更具實感和具體性的Loser，那種小品式插科打諢的敘事聲音，那種旁觀女閨蜜回憶中從「小」角度「小」視野裡速寫描摹出來的人生片段，實現了一種敘事策略：章某某不是與時代和社會直接對峙，她的悲劇，更具體、局部、細微，也更含混和複雜。如果你是一枚正在時代大漩渦中辛苦打拼的八〇後，讀了陳金芳或涂自強，也許能倒安慰和諒解自己的不成功和不如意，但轉身翻翻〈章某某〉，那份堵心和無望說不定就更嚴重了。任何時代，任何社會環境下，都會有「尷尬人難免尷尬事」，一個人的悲劇，一定是外

有時曲里拐彎，有時呈一條直線
論陳年喜的詩

蔡明諺

陳年喜的詩是敘事性的。這並不是說，他的詩缺乏抒情，也並非暗示，他的作品只是流於平鋪直述。陳年喜的詩是敘事性的，這就意味著，陳年喜詩創作的主題來源，首先是與其日常生活經驗相關。他的大部分作品，都是從生活最質樸的經驗開展，都是從眼前的景色、動作，偶然的片段入手，開始詩的敘事。這是陳年喜詩創作的主要特點。雖然在長期、大量的書寫實踐中，陳年喜也不斷嘗試著要讓自己的技巧更加複雜，內容更加深厚，題材更加開闊。但是他所有在美學上的努力，都無法遮掩其創作最初的特質：陳年喜的詩是敘事性的。與此相對，他的情感往往顯得孤獨，而且壓抑。

陳年喜的敘事性，並非來自對當代詩壇（80年代以降）的學習、模仿，因此更談不上延續；他的敘事性，更多只是來自於自己。甚至可以說，敘事已經成為他寫作的慣習。或許是出於對「詩」的想像，或許是由於對「文學性」的渴望，陳年喜近年的許多作品，嘗試著要把詩的敘事「複雜化」。具體的作法有兩種：一是挖掘歷史，增加深度。二是記錄空間，開展廣度。前者例如〈謁張騫墓〉、〈謁志摩墓〉、〈謁武侯祠堂〉、〈在歷史課本上再次讀到甲午風雲〉等；後者例如〈過洛水〉、〈漢水〉、〈石門關〉、〈李天路〉、〈洛南行〉、〈上海記〉、〈商州記〉等；同時綜合兩種手法則有〈過公主墳〉、〈在秋天的喀什看香妃〉、〈宛西〉、〈王庄記〉、〈秦東鎮〉等。這些作品豐富了

我們對詩人生命經驗的認識，也迅速擴展了陳年喜詩創作的題材。但卻始終比不上〈意思〉、〈牛二記〉、〈兒子〉或〈小小的愛人〉，那些更接近陳年喜自己、更為質樸的作品。

陳年喜的「日子」，有時曲里拐彎，有時呈一條直線。但是他比較好的詩作，往往呈一條直線，而不會曲里拐彎。

馮至《十四行集》的壓卷之作說：「從一片氾濫無形的水裡／取水人取來橢圓的一瓶，／這點水就得到一個定形」。在這裡「氾濫無形的水」，或許可以理解為我們複雜紛亂的日常生活、經驗世界，那麼取水人（詩人）手中的瓶子，應該就可以看做詩歌的形式。有些取水人的瓶子是橢圓的，那麼他所撈取上來的水（經驗），被固定之後（詩）就是橢圓的。如果瓶子是正方體，那麼水就是正方體；是細長形狀，那麼水就是細長形狀；是曲里拐彎，那麼水就是曲里拐彎。陳年喜的瓶子，究竟長成什麼樣子？或者相反，我們如何「想像」陳年喜手中的瓶子呢？陳年喜如何想像他的詩「應該」是什麼樣子？也許陳年喜現在的答案是「曲里拐彎」，但我卻願他不要忘記「一條直線」。

陳年喜是因為「我的詩篇」計畫

（2014年3月），而為人們所認識。詩集《我的詩篇》在編印之前，曾經有過討論是否收納1949年到1976年之間的工人詩歌。每部文集或詩選的編者，當然都可以有其自身的詩學判斷、美學標準。但是從文學史的角度來說，至少對於陳年喜而言，我認為重新閱讀與反思當代中國新詩的「完整」發展歷程，應該是重要的。這並不是說，人們要去學習或恢復毛澤東時代的美學原則。我只是隱約覺得，和陳年喜更為接近的詩歌形式、表現手法，應該可以在那個特殊歷史時期的詩人們身上，找到可能延續。如果陳年喜能夠接過那個特殊階段的表現形式（瓶子），用以撈取現在的生命經驗（水），凝塑具有自我風格的詩歌，那麼當代工人詩歌的發展和延續，才會更有意義。否則，我們只能憑藉「朦朧派」以來的美學標準，「想像」工人詩歌，甚至引導和誘惑陳年喜這樣的詩人，符合我們既有的標準，變成曲里拐彎的樣子。

和流水線上並排而立的工人們相比，作為「巷道爆破工」的陳年喜，相對而言是比較孤獨的。他遠離群體，在地下單打獨鬥。這樣的生活形態，在某些層面可能決定了陳年喜的詩作基調。陳年喜的

詩是很「個人的」，大部分是從「我」的視野出發，眼見為憑，出口成章。但也因此在結構上往往太過鬆散，在主題上有時欠缺深刻。陳年喜有許多很好的詩句，例如「我的中年裁下多少／他們的晚年就能延長多少」（炸裂志）；「他們的祖國廣大／而我的／小如麥芒的同夥」（我的祖國小如麥芒的同夥）；「其實你的母親就是一株玉米／生以苞米又還以苞米／帶走的僅僅是一根／空空的桔稈」（兒子）。這些都是很直白的句子，帶著非常質樸的情感。但是陳年喜有許多很好的片段，卻似乎較少能夠寫好完整的詩篇。在這一點上，我認為1976年以前工人詩歌的創作實踐，在形式上應該可以給陳年喜提供必要的借鑑。

冷霜曾經概括《我的詩篇》編輯者，所抱持著的美學考慮：「這部詩選基本是在個人化表達這樣一個美學觀念之下所做的編選」。換句話說，這個標準首先是「詩的」，是「美學的」、「藝術的」，但同時也是「個人的」。這樣的標準所造成的直接反應是：從詩集名稱《我的詩篇》看起來，編者所挑選的這些詩作是「我的」，是「個人的」；但卻不是集體的，不是「我們的」。與此同時，另一個有趣的現象是，當《我的詩篇》從文字詩集，變成影像紀錄片時；當這個紀錄片在網路上呼喚「眾籌」支持，在行銷上面對全球市場時，《我的詩篇》紀錄片名稱，卻變成了「The Verse of Us」。這個差異讓人不禁懷疑，詩集的編選者與紀錄片的剪接者，究竟如何想像「工人詩歌」？這是「我的詩」？還是「我們的詩」？同樣的「美學標準」，為什麼在中文的表述裡是「我的」，而轉換成英文之後竟然（或者必須）變成「我們的」？甚至，這裡的「Us」意指「中國」？還是「工人階級」？《我的詩篇》究竟是「誰的」詩篇？

關於《我的詩篇》製作計畫，編者曾經自述：「『我的詩篇』綜合計畫包括了圖書出版、記錄電影、微紀錄片、詩歌朗誦、演討會、詩歌獎以及各種互聯網化的活動，是一項旨在推動詩歌文化建設的一攬子計畫。」

但是，從這樣完整的生產計畫看起來，這完全是一條商業化製作的「文化流水線」，更為精緻的、更為網路化（因此也是全球化）的生產製作。我們把工人從工廠的流水線「解放」出來，卻把他們置入一條更龐大的流水線。把他們從本來是

流水線旁的生產工人，變成流水線上的商品，一群被貼上「工人詩人」標籤的商品。他們仍然保有差異，他們仍然長得不一樣，他們仍然擁有迥異的過去與開放的未來，但是他們發出的聲音已經不是自己的聲音，至少不再是工人階級的聲音。當他們面對鏡頭，面對虛擬的網路觀眾，用高低不均的腔調「朗誦」自己的詩作時（工人詩歌雲端朗誦會，2015年2月），我感覺這是最徹底的對人的異化。甚至比綜藝節目《詩歌之王》還要徹底。他們的聲音混雜著他們的自信與怯懦，他們以「詩人」的身分上場與退場，他們想要扮演好「詩人」的角色，刻意拉高聲調，加上手勢，甚至搭配服裝、道具和爆破音效（例如陳年喜），但最終卻失去了自己。

《我的詩篇》之後，詩人陳年喜似乎陷入了一個尷尬的處境。在「我的詩篇」計畫之前，當代新詩的研究者，在把「七〇後」詩人視為一個先鋒派的群體進行研究時，他們沒有看到1970年出生的陳年喜。至於往後，陳年喜恐怕也不會被劃歸「七〇後」。在「我的詩篇」計畫所舉辦的創作研討會上（2015年2月），當與會者在討論社會主義後期，國營事業老工人的自信時，他們沒有看到陳年喜。與

此相對的，當人們同時在「八〇後」，甚至「九〇後」的新工人詩作上，察覺某種集體性的階級意識或政治意識時，他們還是沒有看到陳年喜。那麼，像陳年喜這樣普通的、遊蕩的工人詩人，究竟應該被擺放在當代詩史的哪個位置？最後應該要往哪裡去？這點我們現在還看不明白。日子有時曲里拐彎，有時呈一條直線，新詩史的發展恐怕也是如此。

2015年12月之後，陳年喜以「炸裂詩人」的身分，參加了四川衛視製播的《詩歌之王》歌唱綜藝節目，獲得了更多人們的關注。如果流行音樂的洗禮，如果詩與歌的重新結合，能夠幫助陳年喜尋找到更適合自己的寫作形式，那麼這次特殊的「打工」經歷，對於陳年喜的詩歌發展，未嘗不是新的轉機。《詩歌之王》時期，陳年喜寫出了〈我想擁有一個報亭〉、〈縫被子的女人〉、〈我每天都在醉生夢死〉等成功作品，我覺得這個舞台經驗對於他是好的。當然他也已經愈來愈遠離當初的陳年喜，遠離那個在大山之間飄盪，在地底深處艱難爬行的陳年喜。

日子有時曲里拐彎，有時呈一條直線。陳年喜的詩歌追尋，也是如此。

【蔡明諺，成功大學台灣文學系副教授】

編氓野史

劉麗朵

一

　　2015年2月陳年喜曾經送給我一顆紅豆杉珠子，是他用這種木料一點一點磨成的，體積雖小，用功不少，我把它揣在口袋裡，很像是一種信物。那個時候正是在北京一個著名的城中村「皮村」開詩歌朗誦會，十九位工人詩人來了，一起住在一個簡陋的賓館中，——這已經是這村子裡最好的一家了，——吃著用黑心油製成的飯菜，——這樣的地方沒有另外的油。然而房間是乾淨的，床鋪是雪白的，地上是有地毯的，餐廳裡是有服務員的，碗裡是有許多肉的，所以大家也便很安心地待了幾天。況且，那麼多處境差不多的工人詩人嘯聚一堂，他們都是各自人群當中的孤獨者，等閒不能有一兩個可以傾談的對象，此時光是彼此暢敘生平，就覺得歡樂到幾乎恍惚。我呢，作為來這個朗誦會幫忙的義工，也陶醉在這一種我生平從未見過的烏托邦一樣的氣氛中。陳年喜，他是一名身材高大的爆破工，家鄉在陝西，為了來北京，他從他工作的地方——秦嶺大

山深處一個叫「澗峪」的小地標——步行下山，在大雪中跋涉了十八公里，才見到一輛公共汽車坐上去。朗誦會開完之後，《新華每日電訊》的記者來到這裡採訪，我聽得到門裡兩人對談的聲音。後來，門開了，陽光照到走廊中，只看得見屋裡陳年喜的一條黑影，記者走出來嘆息道：「他同我談的書，我都沒有看過，回去之後，我要好好地看幾本書了。」

　　2015年冬天，陳年喜到北京參加一檔無聊又無聊的選秀節目：四川衛視的《詩歌之王》。這節目的畫風真是煩透了，比如說海報，他們會做成詩人和女歌手拉著手轉圈圈。一個詩人同一個歌手搭配，跟陳年喜搭配的是一位男星羅中旭。我一開始知道這件事情，是讀到了娛樂公司的通告稿件：

「炸裂詩人」陳年喜〈給父親理髮〉中的兩句詩「風吹來時，我閉上眼睛，雪飄落時，我裹起單衣」，讓羅中旭感觸頗深。

我知道這樣的「詩」從來沒有在陳年喜的筆下出現過。一個真正的詩人應當書寫完全屬於他個人經驗的美與樂、痛和傷，使之喚起他人經驗的共情，不論多麼奇異和尖銳的經驗，都有可能藏身於另一個人的心境深處。而這兩句蹩腳的歌詞完全是舉世普適毫無價值的，風吹過來時，野狗也會睜不開眼；雪落下時，二傻也會裹緊單衣！而原詩當中形容他父親的頭髮是「後坡地裡收了棒子的玉米」的那種比喻哪裡去了！要知道，「玉米－棒子－秸稈」的比喻，是陳年喜用過不止一次的，比如他說自己的太太，不是兒子想像中的牡丹花，而只是一棵玉米，生以包穀又還以包穀，只剩下一根空空的秸稈。陳年喜的父親是一輩子滾在泥裡的農民，不是你的父親也不是我的父親，陳年喜撫摸著他的髮茬便進入了一片荒涼的玉米地，而這樣的經驗無法被城裡的二傻讀懂。

進入到「選秀」這樣的娛樂工業之後，一切情感和詩意都被送入了產品製作的流水線，一個詩人的人生故事也很容易被講成一個勵志故事，或者是那種催淚的、引起慈善機構關注的故事。詩歌與流水線，一邊是以個人的主體性為最高價值，一邊是為了資本的增殖生產尋求感情的最大公約數，它們二者，如何能夠融到一起？

所以陳年喜在北京待得很不暢快。不過，這種不暢快和待在滴水的岩石洞中，冒著生命危險去開採黃金，以換來根本不關心他們死活的礦老闆的豪宅豪車的不暢快相比，哪一種更加不暢快。偶然有一次他跑出來同我們吃飯，我送給他一條夾棉的牛仔褲，因為有一次看他在朋友圈裡說，冬天到了，他需要去買棉衣，只是覺得棉衣很貴。我覺得一條棉褲會讓他的冬天暖和一點，他說穿著很合適，也很暖和，他還為此寫了一首詩。

王磊光約我寫寫陳年喜的詩，按理說我可以同他談一談，在WeChat上，問

問他這些詩背後的意思，可是我偏不。我是一位文學研究者，我的專業是古典文學，所以我的本領是從他的作品當中讀到他的一切：經歷、情感和思想。

陳年喜是一位在當代籍籍無名，僅發表過數首詩作的詩人，他甚至不太可能出版一部詩集，他是一位註定不會被寫入中國文學史的詩人，一位在秦腔和柳琴戲中完成文學啟蒙、格外多愁善感的農民，一位即將失去故鄉的思鄉者。我從他的詩中讀出了他的家世和生平，知道他在哪裡，他去哪裡，知道不歇的時光和青春的祖國如何遺棄了他。

二

陳年喜是陝西省丹鳳縣桃坪鎮金灣村的一名農民。他的朋友遠洲說他出生於1979年12月，[1] 此說不確。陳年喜在〈病中記〉（二首）[2] 中說他的生日是「1970年臘月三十的夜晚」，即1971年1月26日。因生於除夕，父母為他取名「年喜」，乳名伢子。[3] 他的祖籍是安慶，祖上逢荒年為飢驅討食到商山。金灣村是山區的一個村落，陳年喜家住半山腰。他的父母務農，其父工木匠手藝，常走鄉竄戶為人做活，有時行醫，粗通文史，能講史記，已於2015年8月間去世。其母尚存，不幸患食道癌。他的父母育有五位子女，一女（陳年喜之妹）十三歲殤，[4] 其餘「長大的四位兒女」，「一位種地，一位教書，一位打工，一位寫詩」。[5] 也許因為兄弟姊妹中有一位鄉村教師，陳年喜寫過一組〈一位鄉村教師的夜歌〉[6]。此外，那位「打工」的兄弟姊妹，疑指他的姐姐。陳年喜在他的〈商洛白語〉一詩中寫道：「比如我姐／半輩子給人洗碗碟」[7]。陳年喜的姐姐或罹患乳腺疾病，他在一首詩〈姐姐〉中寫道：

此刻　你與十萬青麥同在
飽滿的汗粒和禾香把你包圍
在廣大鄉間　這是最平常不過的圖景
不同的是
在這個春天　你飽滿的乳房

停止了水聲

村莊已經一病不起
它的孩子奔向了四方
在這個春天　或者更早
一定是什麼入侵了它們
一條鋼筋　一個聲音　或是一股時
代的洪水
此刻　它的傷疼多麼飽滿
彷彿五百顆麥粒同時受漿

按照陳年喜慣用的修辭方式[8]，「與
十萬青麥同在」的姐姐此刻在鄉務農，然
而「病」、「傷疼」等詞彙和「受漿」的
意象指向乳房的病痛。「入侵」者是鋼筋
（隱喻姐姐的城市經歷和工傷，也許姐姐
的工作場所是在一片工地）、一個聲音
（焦慮）、一股時代的洪水（打工潮），
如上因素導致病痛。此外，他的一句詩令
我們擔憂起他姐姐的存歿：

可南京早已淪陷
像我的姐姐

陷在了2011年
——〈蘇三起解〉

陳年喜高中畢業後，1988年起，曾
至上海打工四年。[9]回鄉後，1993年，他
又曾走過嘉峪關、玉門關。[10]1996年他在
商洛。[11]陳年喜的獨生子出生於2000年春
夏間，[12]2001年暮冬，由於鄉村經濟破
產，衣食無措，在一個同學的介紹下，陳
年喜到西秦嶺南坡的靈寶金礦做了一名架
子車工。後改行做巷道爆破，在全國礦山
間流徙。據有限的博客資料，約可見陳年
喜這些年的足跡：[13]

2001年7月9日10點：在拉薩八廓街。[14]
2011年2月10日：從延安回商洛過年。
[15]在延安一年的勞動讓他掙了三萬塊
錢。
2011年3月5日正午，在西安風陵渡黃河
大橋上。[16]
2011年3月9日：坐K1354次列車從西安
到烏魯木齊。[17]這次遠行新疆的結局並
不美妙，因為陳年喜在他寫新疆經歷

的詩〈那一年〉中說：

　　那一年　我空手還鄉

　　只帶回　大病一場

2013年農曆正月十五：從故鄉商洛到了河南省內鄉縣。[18]

2013年4月5日：在商洛，武關。[19]

2013年11月：在咸寧。[20]

2013年12月19日：乘坐汽車從「楚地」穿向「秦地」，過秦嶺。[21]

2014年9月：從新疆回到商洛。[22]

2014年12月26日：去陝西戶縣。[23]

　　此外，陳年喜在〈打工在外〉一詩中寫道，「已經有五年　沒有回過家了」，而這次回家的日期是8月15中秋節。不回家的五年發生在2002年至2011年間，他發表於博客2011年12月的〈甘南二首〉中有，「去年九月回到商洛」，此前在甘南，據詩中有限的資料，有可能陳年喜離家五年的日期是2005年至2010年9月22日中秋，令他的兒子從五歲至十歲間沒有見到過父親。陳年喜有時間可考的打工經歷如上所述，而我們不知道他什

麼時候去過，但曾經寫下詩歌的地點有：新疆的烏魯木齊，鄯善，吐魯番，高昌；關東的瀋陽，撫順；山西的臨汾；青海西寧塔爾寺；甘肅的蘭州、兩當；陝西的延安，秦東鎮（華陰），潼關；河北的金山嶺長城，湖北的襄陽，漢江；河南的三門峽；西藏的納木錯湖；還有因太常見而不知道位於祖國何處的黃泥堡，李莊，五峰山，七里坪等等。

　　他的足跡遍布祖國各地，其中不少位於荒寒的邊陲。他曾寫道：「我的職業決定了我的蹤跡和生活，二十年間，我跟隨大大小小的工隊，走過天山南北，大漠關外及熱帶雨林」[24]，在「熱帶雨林」的蹤跡，在他的詩歌中失載，這幅地圖並不完整，它只體現了陳年喜詩歌中出現過的地名。

三

　　陳年喜改行做爆破工的具體時間不詳，我們只知道他的職業生涯主體階段從事的是巷道爆破，大約於礦上工作不久便開始學習爆破，至今仍是一名爆破工。他

多半在金屬礦工作，有時在煤礦，除爆破外也會從事挖煤的勞動，他的詩〈牛二記〉、〈採煤曲〉、〈煤〉都寫了他在煤礦的生活。他的工作環境是礦洞，「高不過一米七八，寬不過一米四五，而深度常達千米萬米，而內部充滿了子洞，天井，斜井，空采場，像一座巨大的迷宮」[25]，黑暗的礦洞中常有莫測的危險，比如毒氣：

八百米深處的巷井像巨大的迷宮

讓人想到虎頭要塞和帝皇寢陵

在一條巷道盡頭　我曾見到一群盜寶人

被毒氣撲倒在地

　　　　　——〈楊寨和楊在〉

這群「盜寶人」即先他們而行的採礦工人。[26]而陳年喜的工作中，最主要的危險是炸藥的使用：

炸藥前面是死

炸藥後面是生

我們這工作　類似於荊軻使秦

……

聽說楊在一天跑得太快跑到了炸藥前面

跑成了一團霧

　　　　　——〈楊寨和楊在〉

此外，還有在岩石上打眼時瀰漫的顆粒導致的塵肺病。

前年

小宋查出了矽肺病

走的那天

他老婆用他最後一月工資

請來了鎮上最好的樂隊

　　　　　——〈意思〉

因工作內容和環境導致的疾病，還有因礦洞太過潮濕而引起的風濕病。因小心和經驗，陳年喜每次躲過了炸藥的傷害，卻躲不過這兩樣慢性的侵蝕：

我撥開大地的腹腔

取出過金　銀　錫　鐵　鎳　銅

我把它們從幾千米的地下捕撈到地上
把這些不屬於我的財寶
交給老闆　再由老闆借花獻佛
交給祖國和人民
一些副產我留下了
——一點塵肺半身風濕疼

——〈內鄉手記〉

除了這兩樣疾病，因工作在噪音環境中，他的聽力受到損害，右耳完全失聰。因常年使用鑽機，傷害了他的頸椎。2015年春，由於參加了紀錄電影《我的詩篇》的拍攝，接受了攝製組的捐贈，在西安完成了手術，在頸椎456節處植入三塊金屬。

陳年喜所在的村莊，他在十八歲之前從未離開過的村莊，位於祖國西部山區。在陳年喜的詩中，我們觸到了這個村莊長在大地上的祕密。山上長著苦麻菜、苕、茵陳、苦蕎、艾，坡上長著大麥和小麥，陳年喜家門前有幾棵桃樹，還有幾棵櫻桃樹，院子裡長著雞冠花，還有兩棵樹，它們是泡桐和麻櫟，屋後有塊玉米

地，有一條叫阿寶的老黃狗，兩頭老黃牛，羊圈裡養著幾隻羊。8月收玉米，大寒之前背柴，年年彈棉花，村子裡有鐵匠和木匠，至今人死了進棺材土葬，還要帶走一兩件死者生前喜愛的器物埋在一起。最令人興奮的是四處遊走的說書人：

說書人來自河南寶豐
那地方出麥子和紅薯
這兩樣好東西都不能讓他留下來
他喜歡跟隨秦瓊包龍頭
遊歷四海

說書人看起來比秦瓊包爺
都要蒼老　至於名姓
沒有人知曉　大槐樹下
一把書尺　迴腸九轉
把一場人心裡的九丈白蟒
一鐧劈了

斬了妖孽　刀兵入鞘

說書人又向下一個村子
……
　　　　　　──〈說書人〉

　　河南寶豐是曲藝之鄉，「馬街書會」自清朝起至今不絕，距丹鳳約四百公里。因口音舛誤，說書人口中的「包龍圖」成了陳年喜筆下的「包龍頭」。在過去的年代，說書人傳播傳統的教育功能不可低估，此外，

有時也馱一段揪人眼淚的拉魂戲
　　　　　　──〈王莊記〉

秦腔的大雨醍醐灌頂
讓你渾身濕透啞口無言
讓你明白
真情和洗禮　只在民間
　　　　　　──〈秦腔〉

　　陳年喜的父親和陳年喜，都深受地方曲藝文化的影響。說書、柳琴戲、秦腔，構成了過去鄉村的文化生活，陳年喜

的父親不僅喜愛這些，而且具備演奏的能力：

你又在拉二胡了
拉一茬茬走遠的人　拉一件桃紅水襖
拉白蛇放不下的苦情書生
拉清白的忠義　不死的肝膽
　　　　　　──《父親與酒》

　　陳年喜的文學啟蒙實在是從舊的民間文學開始的，從而養成他的文學趣味。〈北宋是一所藝校〉、〈梁山〉兩首，前者是他對「水滸」故事別開生面的重述，有似於一場說書，後者則在詩中安置了現實。「英雄濟貪　美人濟富」一句，可成為千古名句。對民間文化的愛好植根於他的血液，各地流徙的打工歲月裡，當他走到新疆時，他寫馬頭琴，他在城市的廣場聽秦腔和京劇《霸王別姬》，他登臨西安的城樓，到了甘南草原他去造訪清雲寺，和他的父親一樣，他對於文史始終抱著極大的

興趣，當他走到香妃墓畔時：

> 頂著秋風　我拾級而上
> 台階落了秋葉　但仍是乾淨的
> 像你的一生　它一直向上
> 由塵世達到天堂
> 而我動盪的一生已經不多了
> 與之相反　是向下的
> 唯有得到的寂寞是相同的
> 　　　　——〈在秋天的喀什看香妃〉

一個是清代皇帝的異域妃子，一個是飢驅千里的關中漢子，在安靜地此時此刻，他們找到了命運相同的符碼。我們常能發現流傳於民間的故事和人物在陳年喜的詩中出場。他寫過曹操、劉備、陳勝、吳廣、李自成、林沖、李廣，寫過蘇三起解、白蛇傳、鍘美案、武家坡，當他走出礦洞，在秦嶺深處的大雪中行走時，他的感受是：

> 採金人回到住處
> 推開草料場大雪封堵的門
> 　　　　——〈大雪〉

眼下的大雪和《水滸傳》中的大雪交會成同一場，雪景言說著孤獨的英雄、黯淡的前程和悲愴的過往。我們可以看到，一些舊東西構成了陳年喜靈魂的底色：他強調忠奸，有時他眼中的現實仍然是一個「百姓」和「貪官」對峙的二元世界，而他的自我形象與他詩中「父親」的形象相重疊，都是「好百姓」的樣貌。他安安穩穩、堂堂正正、時而哀苦然而絕不自卑地把自己安放成社會底層的一位好百姓，正如他說起父親的種地、打工的兒女，「沒有一個孬的」，因為他們「身正影直自食其力」：

> 再低微的骨頭裡也有江河
> 　　　　——〈牛二記〉

他極其孝友，對妻子的感情極纏綿，對兒子滿腹慈愛，他寫他的父母、妻兒、鄰居、工友，這些貧苦飄零、微小平凡的人們，筆筆含著深情，他的孝友，他對於親人的重視，從他二十幾年來冒死幹活、寒苦交並，將得來的血汗錢養活他們

就已得到說明，更為難得的是，這種情意在他的詩中得到充足的表現，他像是一位多情多愁的詩人。當他同老父親睡一張床時，看到父親的腳板：

　　想著幾年之後
　　就要被一塊小小的泥土領走
　　我猛然把它緊緊抱住
　　　　　　　——〈與父親同眠〉

他對親人的深情中，最感人的部分，來自於他對他們苦難的憐惜。陳年喜有一首新婚詩，寫給「我水銀一樣純淨的愛人」，卻比不上這一首：

　　兒子
　　其實你的母親就是一株玉米
　　生以苞米又還以苞米
　　帶走的僅僅是一根
　　空空的秸稈
　　　　　　　——〈兒子〉

他的自我，以及他筆下的親人、村人和工友，都是「百姓」、「人民」，這兩個慎重而尊重的字眼，迥異於如今自況為「草根」、「屌絲」的人們的世界觀。後者在物質上比陳年喜和他的親人們更加富裕，卻沒有他們的「自重」，同時，對於外部世界的對抗方式不同，「屌絲」們自嘲，卻時時渴望跨越階級秩序，時而裝十三，無能時便憤怒，陳年喜的對抗方式是古典的：

　　我們看穿石頭
　　卻不能認清肉身
　　我們總是把台上歡舞的王者
　　看成快活的猩猩
　　把山上吃草的羊
　　認做乾淨的好人
　　　　　　　——〈我的我的朋友們〉

這不是「高貴者最愚蠢，卑賤者最聰明」一類的表述，因為「好人」不是勳章，卻意味著愁苦無告的命運，窮人們更像一群手無寸鐵、力不從心的蒼蠅：

我們的姐妹，兄弟
那些髮廊妹、民工、窯漢、獨身光棍
被灰塵埋壓的書生
還有所謂的明日才俊
密密麻麻爬滿了祖國的牆壁
　　　——〈我們活得多像一群蒼蠅〉

用殘損的手掌撫摸著勞苦的人們，撫摸著「廣如螞蟻」、「輕如呼吸」的他們，身外是一個廣大的不可移動的世界，這是《水滸傳》的世界，是《武家坡》的悲劇，是蘇三的哭號。如今，說書人已經久不出現，而說書人走了以後，像陳年喜這樣的詩人，滿腹舊文化的鄉村知識分子，在祖國的土地上不會再產生。這是祖國的變化帶來的意義深長的社會變化之一。

鄉村在變化，變得面目全非，在一篇文章中他激烈地反對「抽象高蹈、媚俗假意的鄉土詩歌」，因為「當下的鄉土，已不是先秦漢唐的模樣，甚至不是剛才的樣子，它正以一日十年的速度，支離，碎裂。不知奔向何處」。常年流徙在外的陳年喜一直在寫著金灣村，努力還原鄉村的真實，包括鄉村的沒落。

四

陳年喜筆下的商洛，大於桃坪鎮，桃坪鎮大於金灣村。金灣村的沒落在於它的荒涼，「很多事物已經消逝了」，「我的親人已經不多」，「再過幾年　我就不用回鄉了」，在金灣村的後面還有一個村莊，它的命運和金灣村一樣，變得很老，低矮又荒涼。桃坪鎮西面十里是王庄鎮，在桃坪和王庄之間建起了「新農村」，又叫「桃園子」，然而好山好水，出產的特產和人物都湧到城裡去。至於商洛，商洛是個好地方，「商洛」在陳年喜筆下常是「故鄉」的代名詞，當它特指商洛市的時候，則是個令人又喜又愁的地方，

在這裡　有人躍上了龍門
有人　刮下了一身鱗片
　　　——〈商洛〉

商洛有一條「商貿街」，然而卻沒有商賈，尚在發展中，然而商洛人陳年

喜知道它的歷史,知道它過去曾是「李
莊」;商洛還有一條「中華路」,然而跟
五千年中華文明不能相提並論的是,它叫
這個名字剛剛兩年,它的左邊仍是麥浪,
右邊仍是荷田。在家鄉古蹟四皓墓、武關
城樓徘徊時,陳年喜慨嘆道:

　　商洛老了
　　比一把寶刀還老
　　比一塊青銅還沉

　　商洛又年輕了
　　比一個小生還年輕
　　比一位花旦還要動人
　　　　　　　　　　　──〈商洛〉

　　陳年喜筆下的祖國,與商洛不同。
商洛有時是老的,祖國卻十分年輕,那是
「白白胖胖的祖國」,「越來越富的祖
國」:

　　這一年光陰正在走遠
　　這一年人民還在半路

　　這一年豐收等於欠收
　　這一年河北等於河南
　　⋯⋯
　　這一年一群人從土地顛沛到工地
　　另一群人從紅旗顛沛到花旗
　　　　　　　　　　　──〈這一年〉

　　即使他只是常年勞動在邊陲的一名
礦工,沒有很多機會看到祖國最繁華的城
市,也會非常清楚這塊土地上發生的日新
月異的變化,了解到祖國有多富庶。即使
他來自擁有三萬塊錢就能成為村子裡最富
的人的窮鄉,也很清楚「大刀金馬的新農
村運動」有多奏效。他用勞動支持著祖國
「天山一樣的偉業」。儘管這是「祖父一
樣教我聽話懂事的祖國」,它卻是那麼年
輕,在漂泊孤獨、半生勞動,用盡全部力
氣生活,只剩下殘破的老身體並無錢醫治
的這位人民、這位中年爆破工面前,祖國
以它煥發的青春令他低下頭來──

　　祖國在前面奔跑
　　我們在後面追趕

像一群老人追趕一位少年

也像一群微賤的小草

追趕高高的春天

      ——〈我的打工生活〉

【劉麗朵，北京大學中文系博士生】

註

1　出自遠洲的新浪博客http://blog.sina.com.cn/s/blog_4c263f440102vcnz.html

2　見陳年喜博客2014年3月7日。

3　見陳年喜的詩〈商貿街〉。

4　見陳年喜的詩〈妹妹〉。陳年喜博客2011年11月10日，此外，他的一首詩〈大雪〉，也提到了「死去多年的妹妹」。

5　見陳年喜詩〈父親的眼睛〉，見陳年喜2015年7月13日博客。

6　見陳年喜博客2012年7月3日。

7　見陳年喜博客2012年10月23日。

8　在〈兒子〉這首詩中，陳年喜寫他的妻子「被一些莊稼五花大綁在／風雨的田頭」，〈小小的愛人〉中，他寫「整個八月／我小小的愛人／和一坡玉米緊緊抱成一團」，陳年喜慣用這種人與莊稼難解難分的狀態來書寫勞動生活。

9　見陳年喜詩〈我的商洛〉，「一九八八年　我對不住商洛／悄悄把上海／認了四年祖宗」。此外，在本詩中，他寫「十八歲之前／商洛一直把我抱在懷中」，即1988年之後他離開過商洛，據此詩推測，他高中畢業後有四年的上海打工經歷。此詩見陳年喜博客2011年4月23日。

10　見陳年喜詩〈胡楊〉，陳年喜博客2011年12月9日。

11　見陳年喜詩〈商貿街〉，陳年喜博客2011年10月25日。

12　見陳年喜博客2015年4月29日，「2001年暮冬，我兒子一歲半」。

13　因為陳年喜經常在不通訊號的深山中，其間博客交給一位朋友打理，因此本文作者基本認同博客發詩的時間與寫作時間無關。

14　見陳年喜詩〈我曾經三次到達拉薩〉，陳年喜博客2013年1月3日。2001年7月，陳年喜尚未開始流徙打工，第一次到拉薩也許是旅行。

15　見陳年喜博客2011年2月9日，〈回家過年〉三首。

16　見陳年喜詩〈黃河〉。陳年喜博客2011年3月7日。

17　見陳年喜的詩〈路過寶雞　想起詩人秦巴子〉，陳年喜博客2011年3月17日。

18　見陳年喜的詩〈打工片記〉，陳年喜博客2013年7月25日。

19　見陳年喜博客2013年4月5日。陳年喜的詩大部分無繫年，這首〈桃之夭夭〉下註明：13‧04‧05武關。

20　見陳年喜的詩〈我看見的咸寧〉，「這就是我2013年11月某個清晨看見的咸寧」，陳年喜博客2013年11月4日。

21　見陳年喜博客2013年12月18日。這首詩〈過秦嶺〉雖有繫年，卻標2013年12月19日，在博客張貼的次日，顯然有誤。

22　見陳年喜博客2015年4月24日。

23　見陳年喜博客2014年12月25日。

24　見陳年喜博客2013年10月29日

25　見陳年喜博客2015年4月29日

26　作為採礦工，陳年喜常把他們取出的礦藏稱為「寶」、「財寶」，在他的詩〈寶地〉、〈內鄉手記〉中都有體現。

附錄：王曉明選編陳年喜詩作

王曉明

編者的話

「再低微的骨頭裡也有江河」（〈牛二記〉）：讀完陳年喜自選的四十七首詩，從我的即時記憶中第一個跳出來的，就是這一句。「低微」者，社會主流的認定也，「江河」者，被如此認定的人的自我認定也：我一下子明白了，為什麼前些天各類媒體簇擁著推出來的那些工人詩歌中，我獨獨喜歡他的詩。目睹了這些年精神氣氛的劇烈畸變，各類雇傭勞動者──無論其衣領是藍是白──的普遍的自輕和自棄，連本應血氣方剛、眼望青天的大學生，其學長們二十年前可是常以社會棟梁自許的，也在考卷和學位論文中抄襲作弊，自己都不把自己當回事：在這樣的時候，讀到他這樣挺直腰板、擲地有聲的詩句，我當然拍案稱快了。

據說，在大江南北如年喜這樣離鄉背井、做工謀生者當中，有一萬多人在寫詩。如果此說不虛，在總數至少超過兩億的年輕做工者中間，只有萬餘人寫詩，比例不能算高；每天從早幹到晚，一個月休息兩三天就算奢侈了，如此情形下還能維持歌吟的心境，這本身已近乎奇跡，他們的詩作的數量，一定是不多的；更重要的是，即便來自偏遠鄉村，這些年輕的做工者，也是呼吸著流行文化的空氣長大的，他們的詩行中，勢必有許許多多，在意趣上逃不脫文化工商業的汙染，就如他們的工餘生活，也逃不脫主流的消費模式的框限一樣……如果依然視文學為精神愚昧與社會黑暗的死敵，也因此痛心於今日中國文學的萎靡，那麼，想從這萬餘工人的筆下發現重振文學的足夠的活力，恐怕多半是要失望的吧？倘若資深作家和年輕寫手都大面積地放棄了，單靠年喜們，是救不回文學的。

但我仍然對陳年喜心懷感激。不是因為他寫詩，而是因為他用這些詩，告訴了我們他怎麼看自己，怎麼看他的親人和工友，怎麼看故鄉冬天的雪和礦洞裡深深

的黑，怎麼看索爾仁尼琴、香妃和梁山的好漢們……今日中國，支配性文化正是鋪天蓋地、彷彿一手遮天，除了財大氣粗、位高權重之輩，其他人等似乎都越來越瘖啞無言：這並非僅是畏懼鉗口之器，也是因為日漸喪失了自主發聲的能力。恰在此時，我們聽到了年喜的聲音，也聽到了他的工友們的聲音，它們並不不一致，有年喜這樣不避高亢的，也有低緩、游移，甚至過於軟弱的，但是，它們共同提出了一個至關重大的問題：今日千千萬萬陷入「底層」的人民，是不是已經在文化上被連根拔起、一無所有了？他們是不是還有可能衝破支配性文化的籠罩，叫喊出自己的心聲？如果這叫喊竟然是可能的，那造就這可能的，又是什麼？

這就是為什麼，我們要在這本歷來不以文學分析為己任的《熱風學術》上，編出這個「陳年喜的詩」的專輯，這也是為什麼，當挑選年喜的詩作時，我會跳過若干筆觸精緻、過於「文學」的短作，專注於另一些詞句相對粗糙、跟現實卻更加短兵相接的長制。篇幅所限，這裡只能選登年喜的十六首詩，我因此希望，《熱風學術》的電子版，可以容納他的更多作品。古人云：「詩言志」，在寬泛的意義上，心聲的叫喊，只要出之於文字，那就

都是文學了。因此，雖然特別強調這些詩作的非文學的意義，我還是要說一句：年喜的不少詩行，單從文學的角度看，也甚可觀。

王曉明　2015年8月

目錄

炸裂志

早晨起來　頭像炸裂一樣疼
這是大機器的額外饋贈
不是鋼鐵的錯
是神經老了　脆弱不堪

我不大敢看自己的生活
它堅硬　鉉黑
有風鎬的銳角
石頭碰一碰　就會流血

我在五千米深處打發中年
我把岩層一次次炸裂
借此　把一生重新組合

我微小的親人　遠在商山腳下
他們有病　身體落滿灰塵
我的中年裁下多少
他們的晚年就能延長多少

我身體裡有炸藥三噸
他們是引信部分
就在昨夜　在他們床前
我岩石一樣　轟地炸裂一地

採煤曲

我每天用鎬挖煤
煤每天也用鎬挖我
煤越挖越大
如我胃的潰瘍
我越挖越小
如我娘的指望

很多挖煤的人都提前走了
一塵不帶　一聲不響
他們偶爾會在我夢裡嘮叨
人間的太陽真亮啊
照在身上咋那麼涼

煤不是黑的
煤並不髒
我把它吸在肺裡藏在心上
有時候頭頂的燈滅了
它會發出陣陣亮光

意思

我們三個：老陳、老李、小宋
分別來自陝西、四川、山東
我們都是爆破工
走到一起
不是義氣相投
也並非什麼緣分

我們每天
打眼、裝藥、爆破、吃飯、睡覺
感覺活得沒一點意思
每三天一頓的紅燒肉和每天一次的爆破聲
就成了我們生活最大的意思

有一回
我們喝高了
小宋唱起了山東大鼓
粗喉亢壯，鼓聲鏗鏘
在古老的戲典裡
做了一回武松
老李突然哭了
他說對不起小芹
說著說著他又笑了
他笑著說
人一輩子有了一回愛情
就不窮了

我最後吼起了秦腔〈鍘美案〉
一生氣
我把陳世美的小老婆也鍘了
事後，我們都說
這酒，喝出了大半輩子沒有的意思

前年
小宋查出了矽肺病
走的那天
他老婆用他最後一月工資
請來了鎮上最好的樂隊
讓英雄武二哥美美送了一程

去年
老李讓頂石拿走了一條腿
成都的麻將攤上
從此多了一隻
獨立的鶴子

如今，我還在礦山
打眼、裝藥、爆破、吃飯、睡覺
新來的兩個助手是兩位童工
他們的時尚詞和掌上遊戲
沒一點意思
每天的紅燒肉和炮聲

牛二記

牛二是我的副手　三十六歲　山東人
而鬢角已經過了五旬　雜草叢生
他說　這雜草　源於半生的革命

再低微的骨頭裡也有江河
革命　是與生俱來的本能
目的不一　方式也各不相同
牛二選擇了向內的暴力
以汗為先鋒　以血為後盾
要殺開命運的另一條華容

牛二十五歲進煤窯
從山東到山西　從四川到廣東
他要抓住黑暗裡一盞照路的馬燈
他一路窮追　血肉縱橫
最終　以兩根手指一條肋骨的代價
換得母親八年的殘喘
弟弟十年的舉人夢

牛二的另一面生活
一直是一個謎
黑暗的身體裡是否亮起過另一盞燈
或許　那道門從未開啟
或許　根本就沒有門

也早已沒了意思
我不知道，這後半輩子
還能不能找到點
活著的意思

東風吹起來了
意思一茬茬吹來了
意思一茬茬吹走了
吹著，吹著
都吹成了煙塵

陝南大旱

二十一年過去　不是一揮間
彷彿陳勝吳廣抗秦
李自成請命
以高亢開始　以灰喪結束
如今　我看見牛二已經疲憊不堪
像戰國末年

一片葉子望穿另一片葉子
一棵樹枯黃另一棵
大旱之年的平野更加遼闊

秋天哇地一聲涼了
一片玉米稈站在深秋的原野上
像一群老人　在冷風中交出昔日的榮光
低垂的葉子　加重了衰敗的重量

在大寒之前　父親要從山裡挑回
足夠的柴禾
青藤束腰的柴捆一前一後　它們比父親高大
彷彿是它們押解著一位囚人趕赴他鄉

父親碼好柴垛　用一袋煙
撫平眼前的旱景
有一瞬　我看見他攤開的
身體裡一大片蒼黃
比土地的景象
更加巨大　驚心

在秦嶺南坡　高高低低的岩畔
有數不清的骨頭　它們野蘭草的憂悒
像大風撲不滅的雲朵　高高的飄揚
那是渴死的人間煙火

陪癱瘓的父親打一場籃球

父親年輕時　喜歡籃球　　　　　　今年過年的時候
那時候還沒有我　　　　　　　　　我給兒子帶回一只籃球
那時候沒有吃的　　　　　　　　　父親伸手摸摸就放在了自己床上
那時候籃球很少　　　　　　　　　昨天夜裡
他用三擔井水換一張入場門票　　　兩床被子鋪開一塊球場
不因歡樂太多而疲倦　　　　　　　整整一夜　我們
　　　　　　　　　　　　　　　　蹦蹦跳跳又呼又喊
後來　母親來了　　　　　　　　　醒來　濕成了新舊兩件汗衫
我來了
祖父騎鶴往西去了
籃球變得又小又重
最後　徹底走遠了　像再不
上門的遠房親戚

有籃球的父親　　和
沒籃球的父親的區別
像桃樹和李樹的區別
這是我偶然中看到的

兩年前父親回到床上
回到了嬰兒時光
每天吃得很少
他知道我在世上
不知道我在哪條路上

一把鐮刀

一把鐮刀掛在牆上
這是父親用舊的家什
它破損　蒙垢　清冷
依然鋒利
像它的主人　老朽　昏聵　臥病
依然壯心不已

我常常和它對視
它的霸氣猶在
只是隱忍無聲
刃口上的鏽氣　這層層對手的血
一天比一天黑
一個家族的生活史　血腥深重

作為父親的右手
它熱烈　好動　精準
多少次和日子打成平手
很多回　我試圖把它取下來
但都不能
它劃開過莊稼和野草的界限
陰和晴的界限
生和死的界限
我知道　如今
它已再次把父和子的界限劃開

小小的愛人

我小小的愛人
比一朵花還小
她在遙遠的鄉下
一堆農事的塔尖

她彎腰提水
她伸手摘茶
她碎花的布衫
加重了陝南的霞

愛人站在丹江邊上
丹江日夜奔流
愛人也跟著奔流
很多的時候
愛人比丹江流得更遠
很多的時候
愛人比丹江清澈

風吹靜靜的山坡
在茫茫商洛
風和雨一起降臨
因為孤單
整個八月
我小小的愛人
和一坡玉米緊緊抱成一團

兒子

兒子
我們已經很久不見了
我昨夜抱你的夢
和露水一起
還掛在床頭

秋天真高
秋天的人間多麼富有
而我只有小小愛人
這點真實的白銀

你在鄉村小學
我在祖國的荒山
你的母親
一位十八而立的女人
被一些莊稼五花大綁在
風雨的田頭

我們一家三口
多像三條桌腿
支撐起一個叫家的桌子
兒子　這也是我們這個萬里河山目下
大體的結構

生活不是童話和動漫
兒子
我們被三條真實的鞭子趕著
爸爸累了
一步只走三寸
三寸就是一年

早晨的人

兒子　用你精確無誤的數學算算
爸爸還能夠走多遠

你說母親是你的牡丹
為了春天
這支牡丹已經提早開了經年
如今葉落香損
誰能擋住步步四攏的秋天
兒子
其實你的母親就是一株玉米
生以苞米又還以苞米
帶走的僅僅是一根
空空的桔稈

兒子
你清澈的眼神
看穿文字和數位
看穿灰太狼可笑的伎倆
但還看不見這些人間的實景
我想讓你繞過書本看看人間
又怕你真的看清

早晨的人
比早晨起得還早
人還在夢中
只有身子醒了

鐵鍬和鋤
領著他們往前走
前面是一塊地或一面山坡
他們很快就到了
他們一輩子也沒有到

勞動像一陣風
真實得虛無
土高了矮了
莊禾青了黃了
影子長了短了
名姓像兩件無用的家什
擺設在他們一生裡

早晨的人　一晃
就消失了
太陽出來
照著另一群人

說書人

說書人來自河南寶豐
那地方出麥子和紅薯
這兩樣好東西都不能讓他留下來
他喜歡跟隨秦瓊包龍頭
遊歷四海

說書人看起來比秦瓊包爺
都要蒼老　至於名姓
沒有人知曉　大槐樹下
一把書尺　迴腸九轉
把一場人心裡的九丈白蟒
一鐧劈了

斬了妖孽　刀兵入鞘
說書人又向下一個村子
山高路遠　他比我們更熟知路徑
在下一個村莊一千人困於陳州
急待三千斗白米

這是好多年前的事了
說書人一走　再也沒有回來
這些年　滿村子的人都出去找他了
如果你見了他
請告訴他快點回來

我的祖國小如麥芒的同夥

這半輩子
我去過很多地方
上海去過了
廣東去過了
新疆去過了
青海去過了
唐去過了宋去過了
朱明王朝也沿一條運河去過三趟

和一輩子哪兒也沒
去過的父親和母親
相比
他們的祖國廣大
而我的
小如麥芒的同夥

人民

人民廣如螞蟻
人民輕如呼吸
人民手握大刀
向自己頭上砍去

一發列車載著人民
呼嘯狂奔
一群羊子　擁擁擠擠
遠離祖國和自己

梁山

沒有人上過梁山
林沖沒有
宋江也沒有
打虎除奸的武松
只上到一半

作為浪子
我到過泰山
登過天山
我知道
我距梁山還遠

在山東，在河北
在關中平原
這座硬梆梆的山一身骨頭的山
一站就是千年
一孤獨就是千年
它寂寞的頭頂
偶爾棲落過一兩隻麻雀
一兩片高天的幡

相比之下
梁山之外是多麼熱鬧
熱鬧得像個巨大的梨園
無數的好漢連番上演

在秋天的喀什看香妃

趕六千里路　來看你
我是安靜的
我看山看水看塵埃的眼睛
幾年前已經鏽了
我要趕在它還沒有盲瞎之前
看看不多的女子

可我能看到的遺跡實在不多
唯見一座荒陵立在喀什城東
陵前　全是深秋草木
三百年的流水已經髒了
這些境象令人悲傷
生前荒涼的人　死後也是荒涼的

歷史蓁迷　命運何嘗不是
乾隆和清國我不想回望了
你出嫁和回鄉的路血跡還在
我愛你身上的香
也愛你骨頭裡的霜雪
至今　它們還是白的

頂著秋風　我拾級而上
台階落了秋葉　但仍是乾淨的
像你的一生　它一直向上
由塵世達到天堂

英雄濟富美人濟貪
暴場的觀眾
口吐虛假的白蓮

人這一輩子

而我動盪的一生已經不多了
與之相反　是向下的
唯有得到的寂寞是相同的

秋天深得不見盡頭
沒有哪種事物是永恆的
唯有秋天貫穿我們一生
在墓地盡頭　它更加乾淨而深遠
無限地適合我們

人這一輩子
像風一樣飄忽
從哪裡來
到哪裡去
人自己都不清楚

人說來就來了
說走就走了
容納你的
只有一片巴掌大的村莊
記得你的
是幾棵老樹幾頭牲口

人是人間的另一種莊稼
一輩子陷在土地和荒草裡
開幾朵花，結幾穗籽
得看天意和運氣
人是給人間送溫暖的
有時候
人自己都是涼的

走的時候
有人留下一堆黃土和名字
有人什麼也沒留下

（本文與2016上海《熱風學術》第十輯同步推薦）

歷 史 與 現 實 ：
兩 岸 文 學
現 象 觀 察 報 告

「七〇後」
最後的文人寫作

曹霞

「七〇後」（編按：指1970年出生以後
的人）向來被稱為「夾縫中的一代」、
「低谷的一代」、「被遮蔽的一代」，他
們位於「五〇後」、「六〇後」與「八〇
後」之間，既沒有趕上充滿紅色激情的
「革命」時代，與宏大意識形態與啟蒙理
想主義擦肩而過，又與經濟發展帶來的文
化生產利益場失之交臂。如今，「七〇
後」已步入不惑之年，甚至離「知天命」
也並不遙遠，卻依然沒有能夠產生像莫
言、余華、蘇童、王安憶那樣的領軍人物
和標誌性作品。面對這個各自為陣、難以
歸類的寫作群體，研究者也只能無奈地以
「複雜性」、「個性化」等詞語總結之。

　　這似乎成為了一個定論。看起來，
「七〇後」由於無法為文學史和文學闡
釋提供鮮明有力的論據而讓研究者們頗
為煩惱，也沒有經驗共同性地形成諸如
「尋根」、「新寫實」、「底層寫作」等文
學思潮而可能被忽略，被遺忘。然而，如
果我們跳脫出「革命」、「政治」、「意識
形態」、「改革開放」等範疇的拘囿，將

「七〇後」放置於中國社會發展與寫作歷
史的整體鏈節之中，對這個形態參差的代
際從精神氣質上進行概觀，我們可以得出
這樣一個結論：「七〇後」，是中國歷史
上最後一代的文人寫作。

出身：最後一代擁有「鄉村故鄉」的作家

　　文人寫作與鄉土中國的超穩定結構
息息相關。在過往的中國文人寫作史中，
無論是改朝換代，還是動盪離亂，鄉土社
會強大的內在修復能力都能夠使其自身保
持井然的秩序和結構，為文人提供著回歸
田園的精神底線，也使文人寫作循之有
據，傳承有序。

　　「七〇後」大多出身於鄉村，在那
裡度過了童年和少年時期，他們是中國歷
史上最後一代擁有「鄉村故鄉」的人。對
於他們來說，故鄉有如子宮之於嬰兒，他
們從「熟人」、土地、村莊、山川中獲得
的啟迪使其在成年後的故鄉寫作中保有了
柔軟和溫情。魯敏的「東壩」系列〈逝者
的恩澤〉、〈思無邪〉、〈離歌〉等以故

鄉江蘇東台為原型，溫暖寧靜、淡泊淳樸，有著東方鄉土複雜微妙的人情冷暖和倫理；徐則臣的「花街」系列〈花街〉、〈憶秦娥〉、〈水邊書〉、〈人間煙火〉等小說將運河故鄉描繪得濕潤豐沛，如同一幅古典寫意的水墨畫，又充溢著「清明上河圖」的煙火氣息。李師江的《福壽春》啟動了鄉村風俗、節氣時令之美，付秀瑩的〈花好月圓〉、〈定風波〉綿密地白描出鄉村蒸騰著暖意的境界，喬葉的〈最慢的是活著〉、〈指甲花開〉、〈遍地棉花〉以鄉村女性為主人公，描寫她們在古老的仁義、禮儀、情感、傳統觀念所構建的鄉村秩序中如何滋養心靈、長大成人，並最終與自己曾經不屑的老生活的軌道重合交疊。這古老的命運，既是鄉村人物的宿命，也是鄉土中國千年不變的精神「骨架」。

「七〇後」曾經在鄉村感受過生活最初的震驚、喜悅與痛苦，也經歷著人生恆常且新鮮的嘗試與失敗。他們點燃「故鄉」的柴禾荊棘、精神絲縷以取暖，由此構築起一代人的「文學地理圖」：魏微的「微湖閘」、盛可以的湖南鄉村、阿乙的「紅烏鎮」「清盆鄉」、曹寇的「塘村」、艾瑪的「涔水鎮」、梁鴻的「梁庄」與「吳鎮」……。在他們筆下，鄉村少年懷揣著夢想，經歷著「村—鎮—縣—城」的「進城」模式，如同從外省來到巴黎的拉斯蒂涅，在夢想、野心、行動和情愛之間遊走著，博弈著。鄉村少年即便遠離故鄉，但故鄉的「根」卻支配著他們的人生與情感選擇，使之成為無法相融於城市的「陌生人」、「鄉下人」。沈從文曾經以不同的情感和筆墨表達了城鄉對峙的不同感受，這在「七〇後」那裡有所承續，比如魯敏對於「東壩」的古典溫柔情懷與對於「城市」腐朽墮落情欲的批判性書寫，就以判然有別的姿態宣示了「故鄉」在道德上的純真和勝利。

與「五〇後」、「六〇後」的務農為生不同，由於「七〇後」只是具有鄉村的出身，並不全方位地參與農業勞動，他們藉以讀書「跳農門」，最終遠離了鄉村，所以他們筆下的主人公也不再是「面朝黃土背朝天」的農民，而多具有文化素養與身分，在時代的大潮中經歷命運的變化。這也決定了他們的故鄉情愫：既不苦澀，也不怨憤，而是以籠罩著清雅悠遠氣韻的文字記述之、懷念之。這是「記憶的

鄉愁」，它氤氳著古老的詩意和暖舊稔熟的氣息，銜接起了「田園詩」、「山水詩」、「牧歌情調」的中國文化傳統。

然而，這樣的傳統即將斷裂。在20世紀5、60年代的「土地改革」、「農業合作化」和「大躍進」等政治運動中，中國鄉村也曾經面臨被侵蝕的危機，但一旦政策制度有所緩和，鄉村便獲得自我修補的機會而茁壯復原。而現在，隨著中國現代性和全球化發展節奏的加速，城鎮化建設的迅急猛進，以及網路、科技對世界的「平面化」處理，鄉土中國正在面臨「去根」的危機，這是對幾千年中國農業、農村歷史與基底的徹底破壞。

三十年、五十年後，待曾經的「農二代」在城市扎根發芽，不再回返，鄉土中國的結構與秩序都可能面臨崩塌，如同他們擲棄於故鄉而不顧的破敗不堪的祖屋，這意味著鄉村成為中國現代化過程中最末端同時又是最痛苦的一環，而作為與鄉土中國在血緣和精神上有所維繫的最後一代人，「七〇後」記錄故鄉，書寫記憶，為我們保存了行將消失的「鄉愁」的最後面相。

姿態：不俯視，也不精英

文人寫作不僅僅是題材的選擇，還意味著人文之憂思、之情懷，即對於民生人心的敏銳體察，對於世事變故的溫厚哀憫。這種對於貧困、辛勞、卑微的凝重描繪與真摯同情，是從屈原「長太息以掩涕兮，哀民生之多艱」延續下來的感時憂世的中國文人精神傳統。

在「五〇後」、「六〇後」那裡，也不乏對於貧窮委頓人生的描寫，但由於寫作主體自身長久浸淫於其中，飽受此種生活的困厄與褫奪，因此在記述時易於落入「怨憎者」的窠臼。對於在衣食無憂中長大的「八〇後」來說，描寫這樣的生活無異於紙上談兵。而「七〇後」，既有童年時期對於物質與情感雙重匱乏的深刻體驗，也由於時代的發展及時地止住了至少是物質上的匱乏，由此減緩或止住了他們向著艱窘生活的心理深淵滑落的節奏，這使他們有能力描寫貧窮卑賤、痛苦絕望的人生，並持之以平常心、靜觀心。

在「七〇後」作家中，文人傳統在魏微筆下體現得尤為典型。她的〈鄉村、窮親戚和愛情〉、〈大老鄭的女人〉、

〈異鄉〉、〈家道〉等著眼於底層人物和繁華底下的人事，以節制的敘事、飽滿的情感和柔韌的語言，將貧窮中的高貴、日常中的明亮、世事沉浮中的人性人情刻畫得生動起伏，跌宕有致。黃咏梅偏愛描寫城市裡的卑微者、病痛者、殘疾者、低收入者和無所事事的「遊蕩者」，她的〈騎樓〉、〈非典型愛情〉、〈天是空的〉、〈負一層〉、〈把夢想餵肥〉、〈鮑師傅〉等作品就是以底層人物或邊緣人物為主人公的。按說，生活無著的悽惶處境極易使這些人生出對社會的怨恨和敵視，但黃咏梅並沒有讓他們纏繞於自己的困境、停留於無法擺脫的淒涼感，而是讓他們在瑣屑勞作中體會艱辛的快樂，使之脫離了日常的庸碌煩瑣。這種書寫方式與新世紀初期以曹征路、陳應松等人為代表的、以「苦難」、「貧窮」占據道德制高點的「底層寫作」不同，在「七〇後」作家看來，這些卑微的小人物實際上是最為徹底和純粹的抒情者，因為即使是在灰色無聊的生活廢墟上，他們也能尋覓詩韻，心靈自足。

倘若將「七〇後」筆下的人物形象鋪展開來，我們可以列出一個長長的系列：盛可以和王十月對打工者「感情之殤」和「生命之痛」的勾勒，田耳對道士、輔警、鄉民的日常化書寫，滕肖瀾對上海小市民的持續關注，阿乙和曹寇對小縣城中「無聊者」的準確記述……，這些人物的出現既表明了這一代人古老而彌新的人文情懷，也是對中國當代文學新的補充與豐富。魏微在〈家道〉中借女主人公之口道出，真正的窮人「實在要高貴平靜得多」、「說到他們，我甚至敢動用『人民』這個字眼」，可謂「七〇後」文人情懷最為莊嚴純樸的體現。

當「七〇後」描寫底層人物的時候，他們不俯視，也不菁英，而是將自己置於與之平行的視角，不僅看到了無常世事的苦與悲，也看到了那裡蘊含著、綻放著的真淳光華。這種敦厚姿態承接的是廢名、朱自清、沈從文、汪曾祺一派在販夫走卒、引車賣漿者流中發掘出生命熱能和生活價值的風格氣度。

美學：對高蹈氣韻的承接和終結

文人寫作是富有詩意的寫作，散發著挪騰閃躍於精神空間、悠遊往來於天地之間的高蹈氣息。蘇軾一生遭遇政治放

逐、貧窮困厄，卻始終保持著心靈的餘裕和閒適，在明月清風、星塵微粒之間深味人世之樂。「回首向來蕭瑟處，歸去，也無風雨也無晴」（〈定風波〉），這是何等深厚的寧靜與無懼。這種將人生進行審美化的做法是中國文人性格、性情和生命形式的外化。

形而下的人間江湖與形而上的精神超越，構成了文人寫作內在的巨大張力與魅力。在弋舟的〈金農軍〉、〈懷雨人〉、〈等深〉、〈所有路的盡頭〉中，80年代滿載詩歌、愛情、理想的生活成為當下物質社會的反襯。現代人低伏、陷溺於俗世物象之中，只能獨自憑弔那逝去的燦爛的時代輝光。這種憑弔本身便蘊涵著「七〇後」以「遲到的一代」的身分對80年代進行「文化化」、「詩意化」的慨歎與企及。張楚的〈七根孔雀羽毛〉、〈曲別針〉、〈野象小姐〉、〈良宵〉裡都有著超拔於俗世之累的精神象徵，這使主人公在歷經艱辛困厄時依然能夠保持對星空、雲朵、良夜的追慕。張惠雯的小說潔淨空靈、輕盈飄逸、囿於塵世又超脫於此。她的〈愛〉、〈安娜和我〉、〈藍色時代〉、〈書亭〉、〈場景〉寫現世生活

的苦楚，也不乏對精神、愛情、美的寓言式表達。她以天真明媚之心帶著我們重返充滿純真與詩意的年代，賦予其不被消磨的潔淨和激情，並將之昇華為持久飽滿的精神力量。唯有那些在舊夢般的清晨、在草葉和花瓣上寫下過詩篇的一代人，才能在坍塌的時代廢墟上生動準確地提取並復原精神的景致。而這樣的一代人，已然是被迅猛發展的現代化列車拋棄的「靜物」與「古董」。「七〇後」，對高蹈氣韻有所承接，同時又是某種終結。

在人物塑造、韻味、語言、文意的營構上，「七〇後」對於中國文人寫作繼承得較為充分的當屬東君。他自己就有文人氣，愛書法、古琴、談禪，他的小說也頗具古意，簡淡有味的語言、徐緩平靜的節奏、青山流水的意境，構成了與眾不同的文學面相，孟繁華以「清的美學」概括之。〈蘇薏園先生年譜〉的主人公是「傳統知識分子」的代表，小說以「年譜」傳記體的形式記載了蘇薏園先生歷經戰爭流離的生平，從形式到內容都契合了主人公清潔雅致的身分和內涵。〈聽洪素手彈琴〉是向中國傳統文化藝術的致敬。洪素手痴迷於「難學易忘不中聽」的古琴，跟

著有「六朝名士氣質」的顧樵先生學藝，不失初心，造詣極高，會聽的人能在她的琴中聽出「醉意」來。彈琴高人不願為俗務所累，她在現實生活中的「失敗」正是來源於對古典方式的執著挽留。東君著力於烘托物欲時代中的清高氣節，意在召回已然微茫衰落的精神傳統。他近期的短篇小說〈某年某月某先生〉同樣也帶著低溫的古意，主人公東先生就像是一枚恬然的隱士，在城市的隱暗角落看浮世潦草，眾生敗落，於深山幽谷中尋覓別樣的心緒。東君用祛除了煙火氣的文字搭建起一個個關於雅／俗、生／死、愛／恨、情／欲的古典隱喻，這種古老的意蘊詩情使我們得以重溫某個遙遠時空的中國文化氣息，在緩慢下來的敘事節奏裡安頓喧鬧的心。

對生命和生存保持著優裕自如、從容遨遊的心靈空間，著力記錄下傳統文化諸元素的遺痕，提供對於「煮酒烹茶」、「梅妻鶴子」等徜徉於物之外生活方式的探索，這些，都展現了「七〇後」對古典精神的認同。也許他們所身處的不再是寧靜的家園，但他們通過想像、敘述和書寫，將那樣的生活固定在文面上，使我們記得曾經有過那樣一種將詩與生活交織為

一體的豐沛葳蕤的精神世界。這種榮光，足以耀亮我們委頓和凋蔽的現實。

小結

我將「七〇後」視為富有文人情懷的最後一代人，將他們的寫作視為對中國文人傳統的接續。這個結論一方面來自於這一代人所處的「夾縫」時代，在他們成長和成熟的20世紀70年代至90年代，正是中國的前現代、現代和後現代互相疊合交叉的轉型期，因此，與文人寫作傳統緊密相連的前現代在這一代人身上折射出了最後的餘輝光華。這是歷史的遺棄性抉擇：歷史選擇了這一代人，這一代人也忠實地記錄下了所見所聞的歷史；另一方面，「七〇後」以自己的敘事格局、精神氣韻、文字趣味、靜謐智性、心靈秩序共同建構起了趨向於古典的美學風格。那種從容淡定、舒緩寧靜、清簡超脫，為我們重現了某些古老的、令人神往而不可重返的遺風。「八〇後」及其之後，也許會有追隨文人風範的個案，但像「七〇後」這樣從不同角度予以群體性的展現與熱愛的，將會是中國歷史上的最後一代。

【曹霞，南開大學漢語言文化學院副教授】

獻給無限的少數人
大陸近年詩歌狀況

洪子誠

百年新詩選的編纂

我是經常「宅」在家裡的人，常不出門，大陸詩歌活動很少參加。下面談到的信息，有的是朋友、學生提供的，有的是為了這次演講，臨時從網路上搜來的，不是我的發現親歷的。這需要事先說明。當然，對這些現象，我會講一點自己的看法。

中國新詩如果從胡適1917年在《新青年》雜誌發表他的第一組白話詩作作為起點，到現在已經近百年。為紀念「新詩百年」，大陸舉辦了許多的活動，也出版新詩百年的各種選本。下面我介紹比較重要幾種。

第一部是《中國新詩總系》，北京大學教授謝冕主編，2010年人民文學出版社出版。參加《總系》編選的有十位大陸新詩研究專家。它按年代分期。年代是大陸現在通行的文學史年代。比如說第一個十年，就是「二十年代詩歌」，指的是從1917到1926年，第二個十年是從1927到1936年，就是抗戰爆發前夕；第三個十年的40年代，從1937到1949年。另外60年代指的是1960年到文化大革命發生前的1966年。因為是按照時間、年代來劃分，同一詩人就會分布在不同卷裡頭。好處是可以看到每個時期的詩歌狀況，但

是對了解某一詩人的整體面貌就有妨礙。

第二部是《中國新詩百年大典》，2013年由長江文藝出版社出版。由我和人民大學程光煒教授共同擔任總主編。它有很大規模，有三十卷，分別由大陸或台灣的新詩研究者擔任分卷的主編。入選詩人雖然經過仔細討論，但還是出現一些問題。總的來說，台灣、香港和海外華文詩歌數量偏少，另外，也漏掉一些重要詩人，如台灣的陳黎。有的詩人入選也存在爭議。

第三部是今年（2015年）剛出版的《百年新詩選》，由我跟奚密、吳曉東、姜濤、冷霜共同主編。奚密教授大家應該熟悉，現在是加州大學戴維斯分校教授，台灣出身的；吳曉東、姜濤是北大的教授；冷霜是中央民大的教授。這個書的分量比較適中。上卷書名是《時間和旗》，下卷是《為美而想》。《時間和旗》借用唐祈一部詩集的名字，但是唐祈沒有入選這部詩集。《為美而想》來自駱一禾一首詩的題目。詩選收109位大陸、台灣、香港詩人的詩。因為篇幅限制，每位詩人選入的也就是七八首，最多也只有十幾首，這有點遺憾。但每位詩人前面的生平、風格藝術的類乎「導讀」的文字，卻是我們分別細心撰寫的，可以看做它的特色吧。

這些選本的編纂，可以看做是「經典化」工作的一個部分。在出版詩人專集的方面，一些出版社其實早就在進行。比如人民文學出版社90年代開始陸續出版的「藍星詩庫」，還有2014年作家出版社年開始推出的「標準詩叢」。它們關注對象是80年代以來的大陸詩人，台港詩人沒有列入。「藍星詩庫」有相當的權威性，這和主持者王清平的眼光有很大關係，他是一位不錯的詩人。「標準詩叢」定出的標準是：「經驗的發現與洞察；語言的再造；對已有詩歌史的觀察」。第一輯有于堅、王家新、多多、西川、歐陽江河。第二輯有臧棣、韓東、翟永明、楊煉、雷平陽——是自選集的性質。從這兩輯看，入選詩人大概不會有異議，是這90年代以來大陸最有代表性，也得到大家承認的詩人。不過，像北島，還有故去的海子、顧城、張棗、戈麥、駱一禾等，

沒有列入其中，大概「詩叢」編輯的體例，不包括故去的。但這說不過去。已經出版的十二位詩人之外，我覺得可以列入的，還有蕭開愚、孫文波、黃燦然、王小妮、張曙光、柏樺、藍藍、沈葦、陳東東等。

大陸新詩界近況

第二個問題是大陸這些年新詩的生態。先簡單說一下「詩歌」的的概念。大陸經常使用「詩歌」這個說法，台灣的詩人和學者有不同意見。前些天在北京開會，台中的亞洲大學簡政珍教授說，在台灣，講新詩，或者現代詩，很少把「詩」和「歌」放到一起。不知道是不是這樣？這裡可能是一個習慣的問題，在大陸說「詩歌」，並沒有意味著詩和歌的結合。下面，我在使用「詩歌」、「新詩」、「現代詩」這些概念的時候，也沒有特別區分的意思。

新詩是很邊緣化的文化產品，不要說在社會文化空間，就是在文學各文類裡也是這樣。它不能跟小說、散文相比，從讀者擁有量、文化產品占有市場份額、公眾的關注度都不能比，這是事實。不過在大陸，有一些時候詩很興盛，譬如50年代新民歌運動，提倡人人寫詩，又譬如80年代初「朦朧詩」時期。因為有這樣的「歷史記憶」，現在新詩邊緣化、被冷落就是經常被我們談論。記得前十年的時候，大陸不少詩人和批評家，經常引用西班牙詩人希門內斯的「獻給無限的少數人」的話，用來為新詩被冷落的狀況辯護。這個短語很有意思，可以做多方面理解。詩是面向「少數人」的，但是這個少數人是「無限」的，大概意味著優秀、菁英，很有感受力的一群。同時，這個短語又可能包含有詩被這「少數人」擁有、把握可能發揮的「無限」的能量。因為有許多豐富理解，這句話就頻率很高地被徵引，被闡發。這也說明當時新詩的尷尬處境。

但是最近幾年，大陸的詩歌界突然興旺起來。台灣的情況我不太了解。去年我讀過台北教育大學林于弘教授在北京首都師大的演講，他認為台灣的詩歌出版物

越來越少，詩人越來越少，而且詩的品質越來越差，「所以詩的危機就出現了」。我問過一些台灣詩人是否這樣，他們不大同意。大陸詩歌確實出現「繁榮」（至少表面看來是這樣）的現象。舉一些例子吧，武漢成立了專門出版新詩詩集的「長江詩歌出版中心」，推出的第一部詩選就是前面提到的三十卷的《中國新詩百年大典》。這個出版中心成立才兩三年，已經出版了一百四五十種詩選、詩集了。另外一些出版社，也增加了詩集出版的興趣。當然，在大陸，詩集的出版情況很複雜，有不少是詩人、或朋友自籌費用的，屬於「自費出版」的情況。但不可否認的是，比起前十年，詩集出版情況有很大改善。

還有一個情況是互聯網對詩歌生態的影響。除了十多年前就已經出現的詩歌網站之外（「詩生活」是其中著名的網站），最近幾年在詩歌發表、傳播、閱讀上產生重要作用的是微信，和微信公眾號。知名的公眾號有「為你讀詩」、「讀首詩再睡覺」、「第一朗讀者」、「詩歌是一束光」、「詩歌精選」等，有的公眾號據說有一二十萬，甚至更多的「訂戶」。除了這些「公眾號」之外，不少志同道合的詩人、批評家還有自己的「朋友圈」，經常發表或轉發作品、評論，傳播詩歌方面的信息。不同的「朋友圈」構成一個個小圈子，它們形成帶有某種排外性質的「詩歌共同體」。

詩歌「興旺」的另外表現，是詩歌活動這些年特別多，小說、散文界沒有這種情況。有時候感覺有點像娛樂圈。詩會，詩歌朗誦會，研討會、詩集首發式，詩歌節，詩歌日，詩歌夜，詩歌酒會，詩歌評獎，詩歌春晚……層出不窮的，各種名目的詩歌活動，從年初到歲末，從南到北連綿不斷。有的詩歌研究者說，過去大陸詩歌界通常盛行「運動」，現在是「活動」風行。有名的詩人和詩歌評論家、活動家，非常忙碌，奔走各地。大大小小的詩歌節總有大概有五六十種不止。這些詩歌活動，有的會和提升城市、地方的知名度，和一些政治活動，也企業營銷、旅遊開發等政治、商業活動結合。這是大陸詩歌活動的一個特點。

像邊緣性的文學藝術活動，在文化市場一般都難以「自給自足」，如古典音樂、先鋒戲劇的演出，需要支持、資助。國家的文化／文學部門，包括各地文化局、宣傳部、作家協會、出版社等的支持是重要條件，另外，企業資助也是近年大陸詩歌活動得以開展的方面。資助方的不同，肯定制約活動的主題、思想、和趣味取向。有的詩歌活動政治意識形態強烈，有的則商業味道十足，當然也有比較純正的。不少詩歌節、詩歌獎，可以看到企業冠名，這是相當普遍現象。另外一個情況可能是台灣、香港沒有的，就是大陸有一些企業家，自己也寫詩，也是詩人，同時在詩歌界相當活躍，並資助詩歌各種活動。像杭州、武漢、大連、北京等地，都有這樣的情況。這些企業家，有的是做房地產開發，或旅遊業的。這是新出現的現象，也挑戰我們原先對於詩歌、對於詩人身分的理解。簡單說來，追逐利潤、精於算計的「生意人」，和尋求精神歸宿的詩之間，是否可以調諧並存？記得十多年前駱英詩集《都市流浪集》的研討會上，我

就有這樣的疑惑，講過這個問題，至今對我仍是我難以索解的謎。這個問題相信不能一概而論，下面我要提到的詩人臥夫，就是一個例子。

近年的詩歌事件

大陸詩歌節的熱鬧，其實更多表現在不斷出現一些受到關注的「事件」上。如十年前的趙麗華現象（有所謂「梨花體」詩），以及涉及魯迅文學獎評獎問題的柳忠秧、周嘯天事件等。這些「事件」，往往超出詩歌界範圍，被媒體化、娛樂化。因此，有時候詩壇沒有這樣的事件發生，倒有點覺得很奇怪了。

「詩人之死」是大陸詩歌界關注的「事件」之一，這大概從90年代初海子、顧城的死就開始，許多人寫過這方面的文章，包括吳曉東、王德威教授都寫過。海子、顧城之後，也不斷有詩人因為各種原因自殺，如戈麥、方向。老詩人有徐遲、昌耀。年青詩人還有馬雁，復旦大學畢業的。2014年有三位詩人自殺結束自己的生命。一位是臥夫，他的本名叫

張輝，黑龍江人，60年代初出生，長期生活在北京，從事商業貿易，開辦公司，也有他的文化工作室，在著名的北京藝術村宋莊。他除寫詩外，熱心詩歌事業，出資為海子修墓，收錄一千多位當代詩人、畫家文稿手跡等珍貴史料。4月，發現他死於北京懷柔山中。他究竟是自殺，還是在山中迷路而死，沒有結論，但大多偏向於前者。這一年自殺的還有詩人、著名詩歌批評家陳超，他是河北師大文學院教授，也是河北作家協會副主席，趁他人不注意，從醫院的高樓上墜下。我和他很熟的，詩歌研討會經常見面。前些年，還約他編一本自己的詩歌論集，放在我主編的「新詩研究叢書」中。這本書名字是《個人化歷史想像力的生成》（北京大學出版社）。可是，書出來的時候就傳來他的死訊，他並沒有見到。陳超從學術到人品都優秀，在大陸詩歌界有很高威望，許多朋友、詩友都感到悲痛。還有一位是在深圳富士康公司打工的許立志，電腦、手機組配生產線的工人，廣東揭陽人，跟我是同鄉。他被稱為「打工詩人」，寫了不少詩，2014年10月1日從深圳市中心的高樓上跳下，他去世後，詩歌界熱心人士籌款為他出版了詩集《新的一天》。詩集的這個名字，和他的命運放在一起很反諷，讓人感慨。

詩人、藝術家自殺的好像比較多。我想，正像有的研究者指出的，詩人生性敏感，有時也「脆弱」。現代詩人其實是以個人來和強大的現實社會「對峙」（我不說「對抗」）的一群人。他們對時間、對歷史變遷的感受力，對精神的要求往往超乎我們這些平常人，這是他們的可貴之處，也是可能招致悲劇命運的癥結之一。陳超教授患有嚴重的憂鬱症，這和他家庭情況有很大關係。聽朋友說，他的妻子最近沒有正式工作，兒子將近三十歲，因為智障並有嚴重的糖尿病，沒有自理能力，完全要依靠家庭的照顧。他的岳父，當時也已病危，還有需要照顧的老母親。這些情況肯定對他的病情會有影響。但陳超教授在朋友面前，從來沒有詳細講過自己的困境，也從來不訴苦。他去世之後，朋友找出他多年前寫的詩，其中一首是〈秋日

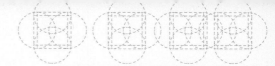

郊外散步〉，寫他妻子暮色中散步於郊外乾涸河床，表達的情感中，既有蒼老的「暗影」，也有珍惜的「光芒」。最後兩節是：

你瞧，在離河岸二百米的棕色緩丘上，

鄉村墓群又將一對對辛勞的農人夫婦合葬；

可記得就在十年之前的夏日，

那兒曾是我們游泳後晾衣的地方？

攜手漫遊的青春已隔在歲月那一邊，

翻開舊相冊，我們依然結伴倚窗。

不容易的人生像河床荒涼又發熱的沙土路，

在上帝的疏忽裡也有上帝的慈祥……

大陸詩人臧棣悼念陳超的詩這樣寫：

「我並非憤世嫉俗，我只是天真」──

在齊澤克之前，我已聽你

說過同樣的話。……

臧棣還寫道：「你活得太正直，並且為避免／我們過於難堪，／你總是很低調。／你幾乎只將你的正直／用於詩的祕密。／……至於人的祕密，你嘗試用／一秒鐘的飛翔改變所有的飛翔。／這的確不是勝利或失敗／所能決定的事情。上帝並不適合你，／但此刻我必須說，你缺少的，／上帝也同樣並不具有。」臧棣的這些句子，表達我對這位優秀詩人、批評家的哀悼和敬意。

關於「工人詩歌」

回過頭再來談許立志這樣的「打工詩人」，或「打工詩歌」。十多年前就被注意，最早還是從南方，特別是深圳這些地方出現的，大陸已經出版過這類詩集、詩選，也多次舉辦研討會。這是值得關注的文化現象，這裡不能仔細分析。下面一下許立志一首詩，題目是〈這城市〉：

這城市在廢墟中冉冉升起

拆掉祖國的傳統祖先的骨頭

這城市把工廠塞進農民工的胃

把工業廢水注射進他們一再斷流的
血管

這城市從來不換愛滋病的針頭

這城市讓婦科醫院與男科醫院夜夜
交媾

讓每個人都隨身攜帶避孕套衛生巾
偉哥墮胎藥

讓每個人都身患盆腔炎宮頸炎子宮

內膜炎

宮頸糜爛陽萎早洩前列腺炎尖銳濕
疣不孕不育

這城市高唱紅歌領悟紅頭檔流鮮紅
的血

這城市金錢殺戮道德權利活埋法律
………

全詩都是這樣的宣洩的排比句，對處境和他所感受的世界的類乎絕望的激憤。下面就不引下去了。他自殺之前的一些詩，已經有對自己「歸宿」的暗示。譬如有短詩〈一顆螺絲掉在地上〉：「在這個加班的夜晚／垂直降落，輕輕一響／不會引起任何人的注意／就像在此之前／某個相同的夜晚／有個人掉在地上 」。「打工詩歌（打工詩人）」，或「工人詩歌」的現象，十多年前就出現，引起注意，刊物、報紙發表過不少這方面文章，也舉辦過研討會，我還參加過最早一次在深圳，由深圳文化局、作家協會召開的研討會。我當時的疑問是，政府文化部門、作家協會介入之後，「打工詩歌」可能會改變它的素質、走向。早期最著名「打工詩人」是鄭小瓊。近幾年也出現不少具有工人身分的詩人，如郭金牛，他有一部詩集叫《紙上還鄉》，獲得北京─鹿特丹國際詩歌節的詩集獎。很慚愧，我沒有讀過他的詩，對這個詩歌節的情況也不了解。作為一種詩歌現象，大陸有的詩人、批評家很重視，這是可以理解的。詩人秦曉宇就持續關注。最近，他參與策劃，由他撰稿的一部紀錄片《我的詩篇》，在台灣第五十二屆金馬獎入圍最佳紀錄片獎。《我的詩篇》就是紀錄一些工人詩人的生活和寫作情況。我很敬佩秦曉宇的關注和研究，他做了大量工作。昨天晚上在網路上還讀到他接受台灣這邊的電話訪談，很同意他的一些分析，包括為什麼要關注這個現象；這些詩怎樣改變我們詩歌面貌，提供我們不大熟悉，或者忘卻的經驗、情感，和相應的表現方式。這都是很寶貴的，即使藝術上可能不是那麼成熟。

但是秦曉宇有些觀點我不大同意。他認為目前的「工人詩歌」，是中國社會主義文學經驗，毛澤東文藝思想的一種延續，這一點值得討論。如果說，「工人詩歌」這樣的概念，和對具有這樣身分的作者的重視，是「社會主義文學」經驗的構成部分的話，也許還能說的過去。但是，就這些詩的內容、情感基調，跟「毛澤東時期」的工人詩歌完全是兩碼事；性質上甚至是對立的。這也是目前作協等官方機構，在這些現象面前顯得尷尬，

它們過於潔白過於接近春天

在乾淨的院子裡讀你的詩歌。這人
間情事
恍惚如突然飛過的麻雀兒
而光陰皎潔。我不適宜肝腸寸斷
如果給你寄一本書，我不會寄給你
詩歌
我要給你一本關於植物，關於莊稼的
告訴你稻子和稗子的區別
告訴你一棵稗子提心吊膽的
春天

但是我很不贊成在她的名字前面加
上「腦癱詩人」的做法。這是一個「噱
頭」：「腦癱」還能寫出很不錯的詩。余
秀華出生時是倒產，缺血、缺氧導致腦部
損害。她目前的狀況是走路不穩，說話也
不清楚，但是思考並沒有障礙。曾經到浙
江溫州一帶找工作養活自己，沒有能實
現，在湖北農村家裡主要靠父母養活，也
做一些力所能及的家務。我知道這些信
息，當時一個直接的反應是，媒體與其過

分將「腦癱」與「詩人」聯繫起來，更應
該追問的是，為什麼殘障人士在這個社會
裡無法找到養活自己的生存之路。在我看
來，詩倒是其次的。

一些值得思考的問題

大陸詩歌界的「興旺」，確實值得
高興，應該為詩的繁榮、詩走出小圈子而
慶賀；這是詩在被冷落時候的期待。無論
出於什麼目的，是什麼樣的力量推動，更
多的人讀詩，關心詩的寫作、傳播，總是
件好事。這也是詩人、批評家、出版人、
詩歌活動組織者努力的結果。不過，也出
現一些可以進一步思考的問題，譬如：

網路、微信等互聯網手段，改變了
詩的發表、傳播、閱讀方式，這是一種革
命性的變革。它挑戰了既往詩歌「守門
人」的權力格局，讓詩歌倫理意義上的
「民主」得以實現，但是否也可能導致
詩歌標準、門檻的下降，影響詩的公信
力。而微信等的繁盛，既擴大視野和便利
溝通，但也可能讓詩人和批評家陷於更
「微」的小圈子，失去不同觀念、問題之

間碰撞的機會和欲望，在這些「微圈子」裡自娛自得？

多媒體的視覺詩歌，當然擴大了詩的表現力，開掘被掩蓋的潛能；事實上，不同藝術門類之間存在互通和互補的可能性。因而藝術門類之間的交往、滲透，總是新銳探索者的著力點之一。藝術分類是歷史現象，它總是處在變動之中。但這種分類也仍有其根據；設想詩過於倚重視覺圖像的支撐，會否動搖我們對語言、文字的信心，削弱、降低我們的語言感受力和想像力？

作為新文化的一個重要組成部分，新詩發生時就賦予它那種「啟蒙」的意義和功能。新詩和歷史變革、社會進程、語言「再造」構成的那種「時間焦慮」，一直成為它的內在素質和驅動力。新世紀以來，對詩的特性和功能的理解，顯然有了分化。在一些詩人的觀念裡，和展開的詩歌現象中，都可以發現詩的應酬交際、娛樂遊戲等內容和功能得到凸顯、強調。這既是對古典詩歌文化的「傳統」一種承接，也是現代消費社會給出的文化發展指向。這種情況，「新文化」理念的秉持者肯定憂心忡忡，另一些人卻認為是詩擺脫困局走向「大眾」的坦途。但是，如詩人姜濤的提問：掙脫時間焦慮和歷史緊張感的詩人，「會否成為秀場上紅妝素裹的先生女士」，詩歌成為時尚的消費品？

在今日，生活在一個均質化的社會現實裡，個人人格的誕生和成長，仍是詩／文學所應承擔的重要責任。但是，在我們所處的境遇裡，是否還有屬於自己的人格和個人的內心空間，又如何定義這個空間？獲得、保持與消費社會，與「大眾」的距離所形成的孤獨感，越來越不是一件容易的事情。因此，在詩被冷落的時候大家熱衷徵引的「獻給無限的少數人」這個短語，我覺得在今天依然沒有失效，仍有它存有、發生警示我們、和慰藉我們的力量。

根據2015年11月24日在台灣淡江大學講座記錄整理稿，經演講人刪節修改。題目為編者所加。

【洪子誠，北京大學中文系榮退教授，現為北京詩歌研究院副院長】

與兩岸
文學青年談
當代文學
與文化

王曉明、淡江大學中文系師生

編者（黃文倩）按：近二十年，中國越來越普遍地被認為在「崛起」，而這個「崛起」也越來越普遍地被認為對21世紀的人類生活具有決定性的影響。王曉明教授認為，這種影響，不能粗略地僅從世俗意義上的正面及負面性來理解，須透過歷史化的視野及角度，綜合新舊的歷史事實，嘗試新的理論可能，才能整體性地反思中國對世界的意義與責任，也包括對兩岸當下社會、文化、文學與新世代未來發展的關聯意義與承擔。因此，2015年10月下旬，我們邀請王曉明教授至淡江大學中文系訪問並進行兩場公開講座（主題一：從文化研究角度看今日大陸文學，主題二：談文化研究），兩場講座也開放給參與者（主要為大學部）提問，有鑑於這些問答，具有一定的時代特性及轉型時期的文學與文化研究的意義，我們特別請同學（淡江大學中文系鄭安淳及林端慧）整理出來，由我做基本的問題順序分類及初步整理，分成三類：「文學閱讀、文學經典與時代關係」、「文學與文化研究互涉」及「文學創作與時代推進」，再經王曉明先生校閱與改稿，最後公開讓大家參閱。

文學閱讀、文學經典與時代關係

同學 | 您在報告演講裡面，對文學其實都是有打引號的，而且您有提過，就是您所認為的文學是廣義的文學，那我要請問老師您對真正的、心目中的那個不打引號的文學，您覺得它應該具有什麼樣的內涵，然後您對於這樣的文學有怎樣的要求？第二個問題：您談到網絡文學成為近年來大陸逐漸興起、盛大的一種文學形式，然後我也有看到報導，說像《瑯琊榜》也好，《甄嬛傳》、《花千骨》這樣的文學，它不僅在大陸已經風靡，然後包括它的影視圈也好、它的書籍也好，已經逐漸地向包括在台灣、韓國、日本擴散，也已經引起了非常龐大的一種轟動，請問您對於這樣的現象的看法和態度？您是否認為網絡文學可以做為中國未來文學的一個發展跟方向，或者是您認為如果它不能作為一種發展跟方向？我們是否該去規避、或者怎麼樣地去解決這個問題。

王曉明 | 這兩個問題是密切相關的。我想我們每個人對於什麼是心目當中認可的文學，理解都可能是不一樣的，我個人的理解，舉兩個系列的作家作為代表，一個是十九世紀的俄羅斯文學，特別是十九世紀晚期，以托爾斯泰、契訶夫和杜斯妥也夫斯基為代表的俄羅斯文學，這一類的文學，俄國有，其他地方也有，比方說英國的哈代跟狄更斯的作品；就現代中國來說，我當然是認為，像魯迅這樣的作家，包括像沈從文這樣的作家，是比較符合我心目當中所說的文學的。

至於對網絡文學的看法，我覺得大陸的網絡文學一開始是有很寬闊的發展可能的，大陸基本上還是一個集權社會，文化機關大都是官辦的，因此，文學界相當保守和封閉，年輕人不容易進去，發表作品很難，在這個情形下出現了文學網站，大家都可以上去發表作品，可以在網上跟讀者直接交流，這是打開了一個自由狂歡的新天地，所以網絡文學一開始是挺不錯的。但是很快情況就變了，一是開始有了來自官方的網路審查；二是出現了「盛大文學有限公司」，它是大陸最大的網路遊戲公司創辦的新公司，投入上億的錢，大舉收購有影響的文學網站。「盛大」這麼做有兩個目的，一個是到文學裡頭去找創意，為它的網路遊戲做腳本，第二個是希望用網絡文學本身來營利。它確信以中國人的文化習慣和聰明才智，中國人的很大一部分精神能量是在文學裡頭，因此可以用文學來賺大錢。

因為是出於這樣的目的來做文學網

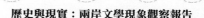

站和線下推廣，「盛大」對於寫作者就有非常多的要求：不能犯忌，要取悅讀者，要每日更新，你完全要按照我的規則來寫。作為交換，「盛大」保證說，你只要按照我的要求來寫，足夠勤快，你就可以得很多錢。這方面最有名的一個神話，就是「唐家三少」，據說他靠網路寫作賺了上千萬，但是非常辛苦，他自己說，哪怕發高燒到三十九度，也要每天上傳六千字，這樣的網絡寫作是重級勞動，身體要好，不然根本撐不住。

在這個情況底下營造出來的「盛大」式的網路文學，整體上來說，勢必是一種比較消極的文學，它幫助年輕人適應這個現實，而不是激勵人去反抗這個現實。從清末民初開始，中國現代文學對人的主要影響，是要促進人去反抗、改變現實，如果盛大式的網絡文學竟然在今天中國的文學世界裡頭形成一個逐漸占據主流位置的趨勢，它現在確實有這樣的趨勢，不但數量巨大，而且對於年輕的寫作者有很大的影響，現在的年經寫作者大多數都是先進入這一類的文學網站，不先進入這個領域而走另外的寫作道路的年輕人越來越少，如果這樣的情況真地形成了主導的趨勢，那是很糟糕的。

同學｜大陸現在有一些比較新興的文學，像青春文學，作者比較年輕，面向也比較年輕，它可不可能就是有點類似於就是像五四時期的青年運動一樣，也是表達青年的想法，它與現在的那種傳統的現代文學有不同，但是會不會在多年以後它可能會成為像文學經典一樣的作品？

王曉明｜我們看文學歷史，很多在一個時代被認為是比較草根、文學等級比較低、比較邊緣的文學作品和類型，在以後成為了文學經典和高等級的類型，因此就有了一個說法：今天的俗文學可能就是明天的雅文學。今天中國的青春文學是不是也有這樣的可能呢？在來這裡之前，我在上海看了正熱播的電視連續劇《瑯琊榜》，其劇本來自一部網路小說，人物對話和敘述風格基本上是從小說裡來的，雖然完全是虛構的古代故事，宮廷內鬥，江湖傳奇，但在表現手段上，卻有不少新意，觀眾的反應很熱烈，估計在台灣也會很有人氣。

顯然，在通俗文學，包括青春文學、甚至「盛大」式的網絡文學裡頭，也有很多有才華的作者，雖然給他們規定了一個很窄的框子，他們還是能夠在這個框子裡面把故事寫得有聲有色。從這個意義上來講，應該感謝互聯網的快速發展，給

千千萬萬年輕人提供了鍛鍊文學表達能力的空間，今天的年輕作者的文學寫作的能力，我覺得是在普遍提高的。但另一方面，也要清楚地看到，由於政治、經濟和社會（如學校教育）等方面因素的綜合作用，今天整個大陸文學世界的主流氣氛，其實相當萎靡。

從這樣綜合的角度來看青春文學，我的感受就有點矛盾，一方面，不少出自年輕作者的所謂青春文學的作品，確實很受與作者年齡差不多的讀者的喜愛，可另一方面，這樣的青春文學與現在年輕人的充滿苦惱的生活經驗之間究竟是什麼關係，甚至年輕讀者對這些作品的喜愛本身，在多大程度上可以被看成是具有青春氣息的，恐怕都是問題，因為「青春」與否，其實並不是一個主要由年齡決定的事情。在今日大陸，一部文學作品最後會形成什麼樣子，作者本人其實是越來越難以決定的，真正決定一個作品的最後的樣子的，往往是作者身邊和周圍的那些很大的手：政府的管制、普遍的社會氛圍、市場邏輯，一直到具體的營銷、策劃、包裝部門，等等等等，其實是這些力量，當然還有作者本人的作用，合在一起，最後決定了作品的面貌。中老年人的寫作越來越是這樣，青春文學也是這樣。所以，單是年輕人寫、年輕人喜歡讀這兩點，並不就能讓我相信，今天的青春文學已經體現了年輕人的自由表達。社會空間的限制這麼嚴厲，整個氛圍這麼萎靡，年輕人追求自由的本能雖然不可能完全壓住，總要掙扎著形成衝擊，但衝突的結果究竟會怎樣，我現在還沒有你這樣的信心，說這個青春文學一定能有長遠的前景。

文學與文化研究互涉

同學｜老師以文化研究跟中國現當代文學做聯結，以文化研究做為一種視野跟方法，您認為文化研究的核心是什麼？那這樣子的核心跟文學之間又存在著一個什麼樣的關係？

王曉明｜全世界各地都有把自己叫做文化研究的活動，但很多地方的文化研究其實是不一樣的，因為所處的狀況不同，努力的方向也就不同。比如今天中國大陸的情況，跟日本有很大的不同，日本社會目前這樣的結構，雖然問題很大，但它相對比較穩定，你要推動它往好的方向改變，可能性就比較小，很困難，大陸呢，這些年持續巨變，新的結構好像是形成了，但它不穩定，不斷在變，在這樣的情況下，推動社會往好的方面轉變的空間就比較大，因此，大陸的文化研究除了從

廣義的文化的角度批判性地分析現實以外，還有一個特別重要的努力方向，就是要去介入現實，哪怕力量很小，也要介入，去推動社會往好的方向轉變，這可以說就是大陸的文化研究的核心意旨──或者說基本的方法論──之所在。

如果這麼來看，大陸的文化研究就一定會關注文學，因為社會就是由人和人的各種活動構成的，而文學對人的精神，尤其對中國人的精神有非常大的影響，到目前為止的人類歷史告訴我們，文學應該是推動人去追求光明和解放、憎惡黑暗和愚昧的重要力量之一，文化研究既然要促進文化和社會的進步，就必須關注文學。

同學 | 老師提到為了要回應中國的文化、社會的改變，您從文化研究去看文學，但是您是從哪一個方面、哪一個方向去經營這個文學的研究？這是我第一個問題。第二個問題是，剛才老師還是覺得文學應該是人作為生產的一種破壞，但是老師最後有說，最近三十年的，您認為中國文學是發現正面的比負面的大，好像未來來看，不知道有什麼可以改變的機會，老師是怎麼看這件事情，或者說從哪個方向去創作、去營造比較可以讓我們看的幾個方面、比較正面的的方向。

王曉明 | 兩個問題中，第一個很專業，我們怎麼研究文學，第二個則關涉宏觀的社會變革問題，就是我們怎麼辦。我先回答第一個問題，今天，至少就中國大陸來說，從文化研究的角度去分析文學，就不能光只是看具體的文學作品，更要看它得以產生的整個文學和文化的機制，包括它周邊的其他的文藝類型，比如電影、電視劇、網路視頻作品，諸如此類。在網絡文學中非常有名的《盜墓筆記》，是連有聲讀物、話劇、服裝、網路遊戲等等都一同連帶著發展出來的，怎麼把這些各種各樣的東西接在一起來看，進而分析其背後的龐大複雜的生產機制，這就是文化研究面對文學時必須要做的工作。這個工作不容易做，我們原來的專業訓練，主要是讀作品、理解作家生平、了解大致的時代背景和社會狀況，這幾點做到了，我就可以來分析作家、作品了，但現在要從文化研究的角度來分析，就要觸及作家作品以外的其他很多方面，而我們過去的知識連接是不夠的，需要看大量過去不熟悉、不注意的資料，需要踏進很多新的研究領域，處理新的題目，雖然難度是提高了，但研究的興味和意義也隨之擴展。

至於第二個問題：我們怎麼辦，我覺得，關鍵在於區分悲觀和消極。悲觀是

一種看現實的角度，拿魯迅作為例子來講，他是不樂觀的，如果一定要有人打了包票，說革命一定成功，你才雄赳赳地去革命，魯迅是很看不起這種革命積極性的，買股票還有風險呢，何況改變社會？樂觀可以增加勇氣，但是以我自己的經驗，可能悲觀一點是更好的。所謂悲觀一點，就是你知道這個社會很糟糕，知道現實很壞，你把這些東西看清楚了之後，再來奮鬥，這時候，挫折和失敗對你的打擊就會比較小，因為你知道事情不容易做，知道可能會失敗，這個時候如果你還繼續奮鬥，你的力量就會越來越大。從長遠來講，我想我們都還是相信，人類也好、社會也好、大陸也好、其他地方也好，都應該是有希望的，全世界人口數量已經有這麼多，人類沒有像其他很多動物那樣滅絕，就說明人類還是有能力，即便走錯了路，他還是有能力反省，找一條合適的路去走。但面對今天這樣嚴峻的現實，可能還是不妨悲觀一點，今天中國大陸，一個人不悲觀一點的話，可能什麼事情都做不好。在悲觀的基礎上奮鬥，這才是真正有希望的。至於具體往什麼方向，選哪條路，用什麼方法，如何促進文學的進步，那是具體的思想和實踐的事情，而在做這些的之前和之中，最重要的是要保持穩定的心態，而要穩定，我覺得還是魯迅的那個話講得透澈：以絕望為基礎，繼續抗戰。

同學｜想請問老師兩個問題。文化研究的基礎是日常生活的體驗加上歷史本身的脈絡而來，老師在文章中提到現在中國大陸新的支配性文化是上個世紀50至70年代間社會主義的產物，能不能請老師展開這段詮釋。另外，請問老師在教學上面對不同專業背景的學生有遇到什麼樣的困難？

王曉明｜很好的問題！中國大陸新的支配性的文化，有兩個比較重要的部分，第一個部分，是一種普遍的判斷：現實很強大，個人很弱小，我們不能掌握自己的命運，更不可能改變現實，我們能做的，只是努力改變自己，去適應現實。第二個部分是與此相關聯的另一種普遍意識，覺得在這樣的情況下，理想及精神都是沒什麼意思的，真正重要、且我們個人也能把握住的，是現實的物質生活，這種物質生活的幸福，才是人生主要的價值所在，而且也是可以用商品來確切地表現的。

之所以目前中國大陸的支配性文化會變成這樣，很大的一個原因，就是過去那幾十年非常高調的所謂「社會主義」的

歷史。正是因為在這幾十年裡，開始的時候充滿理想主義色彩的革命逐漸變質，最後走到了自己的反面，讓大家深受其害，彷彿做了一場虛幻的夢，一旦夢醒，又遭遇各種現實困境（比如1989年的六四學生運動的失敗），就很容易轉向另一個極端，覺得一切理想都是虛幻，只有金錢才是真實的。現在中國大陸的新的支配性文化走向這麼實際和孱弱的方向，正可以視為是對過去的一種反轉。其實不只是中國大陸，俄國、東歐的那些曾經共產黨執政的國家，都遭遇到這樣從一個極端轉向另一個極端的問題，有過所謂「社會主義國家」歷史而又變質失敗的地方，往往熱烈地擁抱資本主義，追求商品化的物質幸福，反而一些資本主義國家的年輕人，會保有較多的理想主義情懷，對於精神性價值的信賴也相對比較高。

第二個問題，困難當然很大啊，因為學生跟老師一樣，來自不同的學科，知識背景不一樣，各個學科的歷史累積也有深淺之分。比如直接遇到的一個困難，是學生的文字表達能力，學生寫不好論文，不只是因為見解不足，也是表達能力不夠，他們大量在網絡上寫東西，養成了快速但粗糙、甚至不怎麼講求邏輯的習慣，但寫論文不一樣，表述必須有根據，邏輯

上不能斷，更不能亂。另外一個困難是對教師的挑戰，孔子說因材施教，我們有沒有這種能力，根據不同學科背景的學生的狀況，制訂出比較適合他們個人條件的教學方案，進而一起推進、落實這些方案，這對文化研究的老師來講，是相當大的挑戰。這十年來，我們不斷修改課程內容和教學措施，這一屆學生是這麼一套，下一屆又不一樣了，別人看起來可能會覺得缺乏穩定性，但我們不得不這麼做，就是因為有上面說的這些困難在後面逼迫我們。

同學｜您曾提過文化研究是否會和三十年前的比較文學一樣，逐漸喪失批判和社會實踐的活力，成為一個僵硬的學科？因為我對比較文學有興趣，關於這方面的聯繫再多說一點？第二個問題是，文化研究是非常廣闊和深遠的，您提到需要中文學系、社會學系、影視傳播及藝術等多方面領域研究，也需要去鄉村訪問，那麼會不會有學雜而不精的問題，以及是否會因此被外界質疑？

王曉明｜我們現在大學的學科分類，基本上還是依據一百五十年到兩百年前在歐洲形成的那一套知識制度，即所謂自然科學、社會科學跟人文學術，三分天下。這套制度大體能配合當時歐洲整體的

社會及知識狀況，所以當時很有效。但是，至少一百五十年過去了，我們都知道，這一百五十年人類社會的變化是太大了，知識狀況也發生了非常大的改變，但是大學的學科分類制度及其背後的知識系統，卻沒有相應的全域性的改進，這個矛盾是非常大的。用現在的分科方法去研究社會現實，根本是不行的，跟人類知識的新的狀況，很明顯是愈來愈不配合。本來知識分類的好處是讓我們能有效地運用知識和相應的思想能力去認識我們的生活，今天大學這套制度的這個正面的作用還是有的，但是負面作用越來越大，因此，當我們的知識活動基本上還是在這套制度框架裡運行的時候，就一定會有一部分知識能量，在現有的分科體制裡得不到滿足，在裡面左衝右突希望尋找突破口，這個努力的表現之一，就是新學科的誕生，比較

文學當初就是這樣的一個新學科，它構成一個突破口，成為大量跟文學相關的新知識和新思想的出口。

在中國大陸情況也是一樣，80年代比較文學在中國大陸興起的時候，很大一個功能是提供新思想，不僅是關於文學的新思想，更是關於世界和理論的新思想。但是差不多到1990年代末、2000年代初，比較文學當初讓人興奮、作為思想和學術活力突破口的功能，基本上已經消失，它也變成一個循規蹈矩的學科了。在某種意義上可以說，文化研究在中國的興起，就是要繼續最初是由比較文學——以及同時的其他新學科——所發揮的這樣一個功能。一個地方的學術活動只要有一定的活力，就一定會有若干新學科，在特定的時候衝出來擔當這樣的角色。進入90年代以後，中國大陸的現代文學和比較文

學都愈來愈馴服，文化研究就衝出來了。文化研究在多大程度上可以繼續保持它的活力，我不知道，但我相信，如果文化研究以後也循規蹈矩了，一定會有別的新學科接著衝出來。每個學科都有自己的學科史，如果你對文化研究或比較文學有興趣，那就要去了解它們是怎麼形成的，最初的活力是怎麼來的，能這樣把握它們的來歷和後面的變遷，而不是只是把它當一個固定不變的學科來看，你的收穫就會比較大。

第二個問題也是非常重要，現在對文化研究的批評，有很大一部分就是如你所說的這樣。一個學科的所謂專業，簡化來說，就是有一批可以歸入這個學科之名下面的研究的經典著作，你想了解這門學科的專業特色，將這批書或論文讀一遍，大概就可以熟悉這個學科的「家法」了。但文化研究不同，雖然已經有七十年的歷史，卻一直沒有形成這樣的一套家法，因為文化研究傳播到各地、或在各地興起的時候，幾乎每個地方都會根據自己的狀況形成一套本地的文化研究的做法和歷史，我們可以說文化研究有一些共通的特性，比方都是關注當代問題、跨學科、堅持批判立場、自覺跟本地的狀況緊密結合，但除了這些抽象的共通點之外，你很難說

文化研究有普遍而清晰的所謂「學科規範」。因此，做文化研究，就有一個先天的難度：你研究者要創造出自己的路線，幾乎沒有現成的模式可以照搬。更重要的是，現在的至少大部分地方的人的生活，其中的社會、文化、政治、經濟因素，越來越密不可分，在這樣的情況下，你必須要做很多跨學科的努力。我在2000年前後開始關注中國大陸的房地產市場及其廣告工業，因為房地產市場越來越成為中國大陸支配性文化的一塊主產區，它的廣告工業也成為創造新的支配性意識形態的重要領域，比大學、媒體都還要重要。我以前主要做文學研究，現在來分析房地產市場，要看大量以前不懂的資料，比如要看大量的統計數據，對我來說確實很難。有人說我做文化研究達不到過去做文學研究的水平，我雖然有點不服氣，因為是不一樣的東西嘛，但不能不承認這大概確是事實。做文化研究是一件很困難的工作，這也是一點例子吧。

對你的問題來說可能更重要的一點是，今天的有創造性和啟發性的知識生產，愈來愈多是採取集體的形式，不再是個人鑽在書齋或實驗室裡獨自完成的，社會生活已經複雜到現在這個程度，要推動有效的知識生產創新，集體性的方式似乎

正在成為最重要的方式。一個或幾個小組，一群來自於不同學科和專業背景的人，密集討論，互相啟發，這越來越是人類有效地回應來自現實的知識挑戰的基本方式。但這跟我們現在的知識制度很不合，比如現在流行的知識產權的概念，要將人類的知識進步的複雜脈絡，切割為一小塊一小塊，每一塊都有一個所謂的第一創造者，他對這一塊知識擁有個人的所有權，這套概念及其相應的制度，其他問題先不說，單就實際的知識生產狀況來說，就越來越不相符合。文化研究的所謂「雜」、缺乏「家法」，一定程度上也是跟當代知識生產的這種集體性的狀況密切相關的。

王曉明｜我也提個問題吧，今天中國大陸的支配性的社會結構，正在不斷地運轉和再生產，其中主要的關鍵，是人的再生產，就是讓年輕的人的狀態，跟中老年差不多，如果年輕人跟中老年人差異太大，社會就很難照老樣子延續下去，而是一定會發生很大的改變。所以，一個具備了穩定的支配性結構的社會，都會形成一套主流的人生模式，推動年輕人按照這樣的模式去生活。在中國大陸，目前的主流模式大致可以分為三個方面：政治方面，

要求年輕人成為頭腦靈活、並因此馴服的公民；在經濟方面，是要求具備兩重身分，一個是充當合乎市場需要的勞動力，一個是成為積極的消費者；而在日常生活方面，則要求將「自己」的居家生活看成是人生最重要的目標，並且根據這個來組織和規劃大部分的生活內容。這是中國大陸現在的主流模式，我想問各位的是，今天台灣的年輕人，是否都能按照自己的願望走各自不同的道路，並沒有一個強大的力量將你們趕往一個大致類似的人生方向？還是說，也有一個主導的模式，以各種方式逼迫或引誘你們走到一起去？

同學｜這個問題對我來說很沉重，因為目前台灣的年輕人有反叛的力量，也有像老師剛才所說順從的面向，但是反叛的力量出來後會將我們帶往哪裡，這是我們目前並不知道的，所以對我們來說，現在算是茫然的時代。

同學｜我會從資源獲得的角度來看，大致分為兩個方面：第一是如果有足夠的資源，像是學歷或是家境等，可以按照自己的願望做自己想要做的人，可能性相對來講是較高的；另外一方面，資源少，背後支持力量很弱的人，他們自主選擇的可能性是比較小的，所以會在社會給

定的大致方向安排自己的人生。

　　王曉明 社會的整體結構出問題，卻又茫然看不到出路，這是很多地區的共同狀況，但人們對這個狀況卻有不同的的反應。比方說南歐那些國家，失業率很高，這已經不僅是經濟危機，也是政治和社會危機，年輕人首當其衝，因為從整體來說，青年就是一個弱勢個群體，在義大利和西班牙，越來越多的年輕人對政府徹底喪失信心，就自己去創造社會自救的方式：社區互助經濟、食物銀行、social streets、Commons空間…… 當然，年輕人可以做這些事情，也是因為有些地區過去累積下來一些具有社會主義含義的法律條件，比如依照現有的法律，年輕人可以占據一些空置的大型空間（劇院、住宅樓、工廠），做自己想做的事。也就是說，當社會沒法按照過去的樣子延續下去的時候，年輕人反而可以創造新的資源、生活方式和道路。剛才同學說台灣年輕人很迷惘，大陸的年輕人也是一樣，舉一個簡單的例子，在上個世紀80年代，年輕人是不會將能否買得起房子，作為成功與否的前提的，是這三十年大陸的新的經濟制度和新的支配性文化，讓年輕人接受了這樣的觀念，但弔詭的是，社會一方面灌輸給年輕人這樣的觀念，一方面又讓越來

越多的年輕人發現，他們其實買不起房，在這種情況下，怎麼可能不迷惘？不只大陸和台灣，香港也是如此，目前香港的失業率並不高，但年輕人要想找一份好工作，在香港，好工作的意思是能讓人用比如二十年的時間按揭買一套公寓，卻越來越困難，現在香港的年輕人，總體上是無法像上兩代人那樣打拚買房的，那怎麼辦？在這種差不多是全球性的困境面前，年輕人如何選擇，這是決定社會未來的關鍵之一。

　　楊宗翰 老師所講的文化研究的議題有很多反思的空間，台灣目前類似的系所並不多，交通大學的社會與文化研究所及台灣大學的城鄉所接近文化研究的方向但也不完全是，台灣並沒有完整的文化研究系。所以我想進一步請教，老師在文章的附註15有提到在2009年到2010年之間文化研究系共有三位專任教師，那麼目前（2015年）上海大學文化研究系師資配置的情況如何？另外，目前台灣教育界面臨到中文系的轉型問題，您剛才提到的比較文學曾經是中文系想要走的道路，但是後來證明這樣的路是失敗的，所以中文系一直面臨到要往哪裡走的困境。希望老師對於中文系所的變與不變之間能給我們一

些啟示。

王曉明｜你問的是兩方面，一是上海大學的文化研究的狀況，另外一個是中文系的未來。上海大學文化研究系現在的全職教師是六位，學科背景分別是文學、社會學、政治學、還有性別研究。我們的計畫是擴展到十個人左右，其中中國大陸籍的占七個，非大陸籍的包含香港和台灣能有三個人，在聘制方面希望長聘和短聘的比例為六和四。計畫是不錯，但具體實施的困難很大，其中一個，是與現行的學校體制的矛盾，比方說，文化研究對社會現實的基本態度，是包含著很大的批判性的，這就與現在的教育的主流規則相衝突。另外一個矛盾是，教育主管部門越來越用類似公司管理的方式來辦大學，其中一條，就是要求教師如同流水線的工人一樣，在規定的時間內完成規定數量的學術生產，可目前文化研究在大陸還處在開創階段，我們系雖有獨立的編制，但在中國大陸，文化研究的刊物卻很少，這就很難達到大學規定的數量標準，所幸系上同事在所謂國際（SSCI）期刊上的發表比較多，還可以藉由在這類雜誌上的發表，來應付現行制度對學術生產量的可笑的要求。

再簡單說一下中文系的「轉型」問題，我覺得整體來說，這個事情上，中國大陸應該和台灣差不多，雖然在使用中文的社會裡，中文系的生存不應該成為問題，因為中文系大部分課程所教授的，都是關係到國本的，章太炎說，如果要滅掉一個國家，最好的辦法是滅掉它的歷史，而要滅掉它的歷史，最好的辦法就是滅掉它的文字。現在世界上有很多社會的一大困境，就是失去了自己的歷史記憶，因此無法從自己的歷史當中獲取應對當代社會的眼光和角度，像中文圈這樣能保有自己的文化傳統和歷史記憶的地方，是不多的。但是，這不等於中文系就可以坐吃老本，現在這樣的全球化越是搞得凶，中文系統與整個人類的文化未來的關係就可能越重大，事實上這幾十年裡，這個關係已經大改變了，中文系這樣一種大學裡的知識機構，勢必要自我更新。就此而言，大陸和台灣的中文系似乎有一點是相似的，就是目前中文系內的分科制度（它造成很多分隔，比如古代文學與現代文學的分隔、文學與語言的分隔、文學與其他也以文字為主要載體的文化形式的分隔）要有根本性的改變，但這個改變的目的是要將中文系做好，而不是將它變成其他學科。中文系存在的根本理由和市場經濟的理由是完全不同的，不在能否為社會創造物質

財富，而是一個社會應不應該擁有自己的主體文化。

同學 | 請問老師上海大學的學生對於文化研究的看法是甚麼？

王曉明 | 在上海大學，學生對文化研究課程的反應可以分為兩種：第一種，覺得這樣的課程很吸引他們，因為文化研究主要就討論當代、尤其是年輕人的實際的生活經驗及文化感受。第二種，願意來旁聽，文化研究的課程多半需要讀大量的文獻，進行大量的課堂討論，相對其他課程來說，是比較難的，所以學生會因為分數的考慮，而不選修這些課，只是來聽。

文學創作與時代推進

同學 | 我自己有在做文學創作，我跟對岸的寫作者有一些文化交流，我們之前想要辦一個刊物，那時候我們就遇到一個問題，就是我們在海外的私人跟大陸的私人的分類上，一開始是台灣是把它分成中國跟台灣，然後到最後大陸那邊的寫作者就說，不行、不行，一定要分成大陸跟台灣，不然的話我們就沒辦法上，那同樣的包括我們其他台灣的一些詩人徵稿，有一些敏感的議題，比如說太陽花學運、雨傘革命，這些東西、這樣的作品也都要自己刪掉，因為我們擔心刊物沒辦法上市，所以我很疑惑的就是，像老師剛剛也有提到，出版社那邊其實都會自我審查，但是在這樣的情況下，是不是比較偏向社會議題的題目是比較沒有出路的，它的可能性在哪裡？是不是我們要很迂迴，還是我們根本連碰都不能碰。然後另外一個問題是，老師剛剛有提到網路世代，文學在這個時代慢慢走向了商業化，慢慢變成了一個出版品這樣子的方向，在我自己跟對岸的寫作者交流情況後我發現，如果我要讀純文學小說、純文學散文，閱讀網路上會比較困難一點，不像紙本上的溫度，但是像詩歌來講，台灣就已經有一些人開始在網路上做詩歌的推廣，然後大陸也有微信「為你讀詩」這樣的一個公眾號，還有包括跟我同輩的寫作者，大概成長經驗中網路生活也是我們生活的一部分，所以很多網路用語也是成為我們寫作的一部分，那我自己就比較像老師一樣悲觀，我是帶著一種審慎的樂觀，我覺得很多網路用語可能是更貼近平民、大眾的，那同樣地，如果我們在詩歌裡面可以提供這些生活的經驗，然後讓更多的平民大眾引起共鳴的話，我認為這樣的文學也不見得會比較差，所以我想請教老師，對於這樣的，我自己的一點拙見有什麼看法。

王曉明｜謝謝你提出這個問題，讓我能把對網路文學的理解說得更清楚一點，前面說得過於粗略了。因有了網絡，有了新的傳播技術，有了網絡文學，文學世界才會變成今天這個樣子，從某一個角度來看，這個變化有很多負面的情況，但從另外一個角度來看，也提供了很多正面的可能。我在前幾年的一個文章裡面說，網絡世界裡，除了盛大或者類似盛大的文學之外，還有其他完全不同的文學存在，有很多很好的作品。紙面世界裡也是一樣，庸俗怯懦的東西雖然多，但好的作家和作品，中國大陸現在還是有相當大的一批，包括詩歌，你看今天的大陸文學、看它的未來，好像什麼樣的層面都有、什麼樣的可能都有，即使盛大文學搞成這麼大一個規模，我也不認為它將來一定獨占鰲頭。

從這一方面來講，我對中國文學仍抱有某種審慎的希望。中國是世界上幾乎唯一一個文化歷史這麼悠久、當中卻沒有斷掉、文學和歷史的累積極為豐厚的社會，雖然現在是處在一個加速度的巨變當中，很多東西被改變得非常快，但是，那些在漫長歷史中形成的集體性的精神和心理基因，包括文學的基因，還是很穩定、不會即刻就消失的。所以，儘管一時之間，文學世界裡會出現很多令人悲哀的情

況，但長遠來講，中國大陸也好，台灣也好，文學還是會有很長久的生命力的。如果不是有這個期望，我今天也不會到這裡來講大陸的文學了。

黃文倩｜大陸近幾年有非虛構文學，不同於報導文學作為紀實性的載體。我的疑問是，如果目前使用一些文學材料當成文化研究的癥候已經不足以回應當下很多的問題，會不會在這個世代，我們更應該鼓勵同學創作非虛構性的書寫，像是呂途《中國新工人——文化與命運》，或是實際到鄉土社會進行田調的書寫。因為目前年輕人的書寫有過於後現代的現象，事實上不足以作為文化研究對象，也不足以回應當下所遇到的很多困難，那麼非虛構性文類是否是這個時代，身為文學系的老師跟同學更應該關注的對象？

王曉明｜這類寫作的興起其實跟虛構文學的頹勢是密切關連的，粗糙地說，就是大家越來越覺得現實生活的離奇荒誕遠遠超過小說，而小說家似乎也越來越無力讓讀者在小說裡體驗新的感受。這是全球性的狀況，不光中文圈，其它語種圈基本上也是這樣，最近幾十年，這個情況越來越明顯。以全球範圍來說，二十世紀中葉的作家，大概是最後一批能夠讓讀者體

驗到小說的巨大的感染力與震撼力的作家了，所以，今天虛構文學的力量這麼弱，背後有深刻的社會、技術、傳播結構等各方面的原因，我就不詳細說了。正是這樣的情況，凸顯了紀實文學的價值，這次諾貝爾文學獎會頒給一位白俄羅斯的女記者，也是這個情況的體現。但是，如果今後的文學愈益往紀實、非虛構的方向走，這也是令人悲哀的，因為這意味著我們喪失了通過虛構的方式去理解和把握生活的能力。文學的力量在於透過虛構的方式創造真實的經驗，我們讀了作品受到感動，反饋到創作者，這樣的精神循環是人類生活的一個重要部分，在某種意義上講，人因為有這樣的生活，才比較像一個「人」。如果人生沒有這樣的部分，我們只是每天勞動、隔三差五地投票選議員，好不容易畫一幅畫，寫一點文字，也都是寫實、紀事，這樣的生活實在太沒意思了。我覺得今天文學系的努力，還是應該兵分兩路：一路繼續推進目前這樣發展得很不錯的紀實、非虛構的文學創作；另外一路，則是用更大的力量來培養「虛構」的能量，這後面一個路向的責任，中文系責無旁貸。

黃文倩｜您所說虛構內涵的指涉，

有包含時下年輕人所接觸的懸幻與穿越作品嗎？在您的理解裡，具體的虛構是指什麼樣的虛構？

王曉明｜今天大陸的網絡文學中，有大量看上去是在走虛構路線的，而且名目繁多：奇幻、懸幻、架空、穿越、重生……，但是，幾乎所有這些類型的小說，在基本的敘事和情節結構上，又非常明顯是按著固定的套路來寫的，是在一種套路的基礎之上來創造「奇幻」之感。之所以出現這種奇怪的情況，當然有很多原因，包括政治的經濟的等等，正是這些現實的原因攪在一起，將年輕人的很難被完全壓抑住的很大一部分幻想和想像的衝動，驅趕進這樣貌似虛構的創作活動，其中有些作品或許能夠轟動一時，但年輕人的那些真正挑戰現實的虛構的能量，卻也在這樣的過程中消耗掉了，不能發揮更大的作用。文學虛構的意義之一，就在於要打破套路和慣性，從這個角度來看，我不覺得那些奇幻、架空的小說是在發展文學的「虛構之力」，它們反而更多是體現了現實對這個「虛構之力」的傷害。相比起來，這十年中國大陸的科幻小說，倒是比較紮實地表現了文學的虛構力量的正面發展。

【王曉明，上海大學文化研究系教授】

橋 QIAO
2016
夏季號
第 4 期

發達資本主義時代的最後抒情？
——閱讀林婉瑜

國家圖書館出版品預行編目（CIP）資料

發達資本主義時代的最後抒情?：閱讀
林婉瑜 / 徐秀慧等編輯. -- 初版. -- 臺北
市：人間, 2016.07
192面；17 X 23 公分. -- (橋. 2016夏季
號. 第4期)
ISBN 978-986-92820-7-9（平裝）

1.中國小說 2.現代小說 3.文學評論

820.9708   105010066

編輯群	徐秀慧　彭明偉　黃文倩　黃琪椿　蘇敏逸
責任編輯	黃文倩
校對	蔡鈺淩　張懿文　劉紋安　黃文倩
封面設計	黃瑪琍
美術編輯	仲雅筠
發行人	呂正惠
社長	林怡君
出版	人間出版社
地址	台北市長泰街59巷7號
電話	（02）2337-0566
傳真	（02）2337-7447
郵政劃撥	11746473 人間出版社
電郵	renjianpublic@gmail.com
定價	160元
初版一刷	2016年7月
ISBN	978-986-92820-7-9
印刷	崎威彩藝有限公司
總經銷	正港資訊文化事業有限公司
地址	台北市大安區溫州街64號B1
電話	（02）2366-1376